雪の別れ

剣客相談人23

森 詠

時代小説

二見時代小説文庫

目次

雪の別れ——剣客相談人23

雪の別れ――剣客相談人23・主な登場人物

若月丹波守清胤《わかつきたんばのかみきよつぐ》……故あって一万八千石の大名家を出奔《しゅっぽん》、大館文史郎《おおだてぶんしろう》の名で剣客相談人となる。

篠塚左衛門《しのづかさえもん》……清胤が徳川親藩の支流の信濃松平家の三男坊・文史郎の時代からの傅役《もりやく》。

大門甚兵衛《だいもんじんべえ》……安兵衛店《やすべえだな》に住む浪人。越中富山藩を脱藩した黒髭の大男。無外流《むがいりゅう》免許皆伝。

團十郎《だんじゅうろう》……安兵衛店に転がり込んだ若侍。名を名乗らぬため團十郎と呼ばれることに……。

弥生《やよい》……大瀧《おおたき》道場の女道場主。文史郎に執拗に迫り相談人の一員に加わる。

盛兵衛《せいべえ》……札差、扇屋《おうぎや》の主人。高利貸しと悪名が高い男。

茜《あかね》……浅草小町と呼ばれ、器量よしで知られる盛兵衛の娘。

美代《みよ》……浪速《なにわ》生まれの、茜の母親。

お妙《たえ》……仲見世の老舗の水茶屋「小梅や」の娘。茜とは踊りの稽古で知り合う。

河原崎慎介《かわらざきしんすけ》……扇屋が雇っている用心棒。

小島啓悟《こじまけいご》……南町奉行所定廻《じょうまわ》りの若い同心。

大原新次郎《おおはらしんじろう》……安兵衛店に転がり込んだ「團十郎」の本名。

大原伴成《おおはらともなり》……團十郎こと弟の新次郎を連れ戻そうと安兵衛店に押しかける。

玉吉《たまきち》……美濃高須藩松平家の下屋敷で中間《ちゅうげん》をしていた、文史郎が信頼を寄せる船頭。

音吉《おときち》……玉吉の配下の小者。

第一話　迷い込んだ若侍

一

その日、明け方から降りはじめた細雪《ささめゆき》で、江戸の街はどこもかしこも、うっすらと雪化粧をしていた。色を失った屋根瓦や木々は山水画に描かれた風物を思わせる。

長屋の朝は早い。働き者のおかみさんたちが、まだ暗いうちから起き出し、亭主や子供たちのために朝餉《あさげ》の支度を始める。

多少の雪降りなら、亭主たちの大工仕事や土方《どかた》仕事は休みにはならない。まして通《かよ》い番頭の商人ともなれば、雨が降ろうが、雪が降ろうが、お店《たな》は開《あ》けなくてはならず、
朝飯もそこそこに真っ先に長屋を飛び出して行く。

若月丹波守清胤《わかつきたんばのかみきよつぐ》こと大館文史郎《おおだてぶんしろう》は、厚い褞袍《どてら》を被《かぶ》り、爺《じい》の左衛門《さえもん》が寝床を抜け出し、

台所の竈《かまど》で釜の飯を炊《た》く気配を窺《うかが》っていた。

爺は七輪《しちりん》の火も熾《おこ》し、鉄瓶《てつびん》の湯を沸かしている。

部屋の空気は冷えきっていた。文史郎の吐く息も白い。

「殿、ご飯が炊き上がるまで、寝ていてください。今朝は、雪が降ったせいで、いつになく冷えていますゆえ。いま火鉢の火を熾しますので」

「さようか。済まぬな」

文史郎は爺の言葉に甘え、褞袍の中で身を丸くし、ぬくぬくとしながら目を瞑《つむ》った。

確かに起きようと思っても、褞袍の首周りから冷気が入り込み、なかなか布団の中から抜け出せない。

薄い壁を通して、子供たちの喧嘩する声や母親の怒鳴り付ける声がきこえる。寝ようにも、とても寝られる状態ではない。

那須川《なすがわ》藩の江戸下屋敷を出奔《しゅっぽん》し、この長屋住まいを始めてから、もう何年になるのだろうか、と文史郎は思った。

「かかあ、ほんじゃ、行ってくらあ」

「行ってらっしゃい。でも、ちょいと、お待ちよ。あんた」

「なんでえ、なんでえ。せっかく、亭主が気張って出かけようってえのに、なんで、おぬしは、引き留めやがる」

「なに気取ってるのさ。しょうがないねえ。お弁当忘れてるよ」

「いけねえ。道理で腰が軽かった」

長屋の亭主たちが、あちらこちらで、おかみさんに送られて仕事へと出掛けて行く。いつもの朝の習わしである。

文史郎は枕に頭を載せたまま、長屋のざわめきに身を委《ゆだ》ねていた。何気ない、いつもの生活の繰り返しが、心の平安を醸《かも》し出す。

うつらうつらしているうちに、ご飯の炊き上がった匂いが台所から漂って来る。

「てえへんだてえへんだ」

「殿さま、殿さま、てえへんだ」

男の慌てふためく声が響き、油障子戸が勢い良く引き開けられた。

「どうした、辰《たつ》さん、朝っぱらから、そんな慌てて」

爺の取り成す声がきこえた。いっしょに冷えた外の空気が部屋に入って来る。

辰は瓦職人である。雪の日とあって、屋根に瓦を葺《ふ》く仕事は休みらしい。

「殿さま、まだ寝ていなさるんか。てえへんだ、起きてくんな」

「どうしたい、お春《はる》さんまで顔を出して」

おかみのお春もいっしょに来ている様子だった。

「殿は、まだ寝ているんかい？　こんな一大事に、のんびり寝ているなんて」

「おいおい、辰公、わけも話さず。殿に文句をいうことはないだろう？」

爺が呆れた声を立てた。

文史郎は寝床の中でゆっくりと身を起こした。外からの冷気が褞袍の中の暖気を奪っていく。

「いったい、何ごとだ？」

「あ、殿さま、早く来てくんな」

「あんた、ほんとに、そそっかしいんだから。わけいわなかったら、殿さんだって、びっくりなさるだけだよ」

「辰公、いったい、なんの騒ぎなのだ？　殿さまにわけをいいなさい」

爺が辰に訊いた。

「いやなに。あっしらの隣にね。いつの間にか、行き倒れのさむれえがひとり転がり込んでやんで」

「なに？　行き倒れの侍がどこに倒れていたというのだ？」

「ですからね。うちの隣の空き部屋に転がり込んでいたんでやす」

「部屋に転がり込んでいたんでは行き倒れではないだろう？　あんたたちの隣っていうのは？」

「爺さま、ほれ、先月、店子《たなこ》が出て行って空き屋になってたじゃないの。あそこよ」

おかみのお春が答えた。

文史郎は笑いながらきいた。

「侍は浪人者かな？　それとも……」

「若けえ野郎でさあ。それも、女みてえな顔の優男《やさおとこ》でねえ。そりゃあ、いい男でさ」

辰は口から唾を飛ばしながら、勢い込んでいった。

「いま、どうしておるのだ？」

「だから、家ん中に倒れ込んだまま、気を失っているんでさ」

「気を失っている？」

文史郎は爺と顔を見合わせた。

「お殿さま、どうか、わたしたちといっしょに来て見てくださいな。病気かもしれないんで」

お春は文史郎に頭を下げた。

「爺、行ってみよう」

文史郎は褞袍を脱いで立ち上がった。

「ありがてえ。そうこなくっちゃ」

辰は急いで出ようとした。

「殿、寝巻では、いくらなんでも寒むうございます」

左衛門がすぐに着替えの小袖や羽織を用意した。

文史郎は小袖に着替え、さらに羽織を着込んだ。足袋《たび》を履《は》き、土間に降りて雪駄《せった》をつっかけた。

細雪が降る細小路には、隣のお福《ふく》やお米《よね》をはじめ、亭主を送り出したおかみたちが、騒ぎをききつけ、何ごとかと肩を寄せ合っていた。

「殿、大門殿《だいもんどの》も呼びましょうか？」

左衛門がきいた。

「そうだな。おかみさんたちに、大門を呼んでもらおう」

文史郎は、ぞろぞろと付いてくるおかみたちを振り向きながらいった。

「はいな。わたしらが呼びに行きます」

すぐにお福とお米が大門を呼びに走り出した。大門の部屋は、もう一棟の長屋にある。

文史郎と左衛門は、辰とお春たちの部屋の前を過ぎ、隣の部屋の前に立った。油障子戸は閉まっていた。

辰が油障子戸に手をかけ、勢い良く開けた。

がらんとした何も調度や家具がない部屋に、一人の侍姿の男が倒れ込んでいた。

文史郎は頭や羽織の肩に掛かった雪を手でぱたぱたと払いながら、土間に入った。

侍は雪駄も脱がず、畳の上に倒れ込んでいた。

「ねえ、殿さま、このさむれえ、入って来て、畳の上にばたんきゅうと行き倒れしたみてえな格好でしょう?」

辰は侍の寝姿を指差して得意気にいった。

文史郎と左衛門は、俯《うつぶ》せに倒れている侍の傍《かたわ》らに寄った。左衛門が侍の顔に顔を近付けた。

侍は規則正しく寝息を立てていた。深く寝入っている様子だった。

顔から見て、若い侍だった。歳《とし》のころは、元服過ぎの十七、八歳と見られた。月代《さかやき》の周囲の頭髪はちゃんと剃《そ》られ、手入れがしてある。上等な木綿《もめん》の羽織袴姿で、どこかの上士の身分であることを窺わせる。

腰の大小は頭の傍《そば》に揃えて並べてあった。倒れ込むときに腰から抜いて、そうしたらしい。漆《うるし》塗りの鞘《さや》には螺鈿《らでん》の飾りが付けられ、侍がただの平侍ではないことを示している。

「これ、若衆。起きろ」

左衛門は若侍の軀《からだ》を揺すった。いくら揺すって声をかけても、若侍は答えず、死んだように眠り続けた。

「殿、これはだめですな。よほど眠っていなかったのでござろう。このまま、目覚めるまで眠らせたがよかろうか、と」

「そうだな。爺、褞袍を持って来て、掛けてやれ。風邪《かぜ》でも引いてしまっては可哀想《かわいそう》だ」

「は、では長屋に戻って持って来ます」

左衛門はそそくさと出て行った。

「あっしが運びやす」

辰が左衛門を追い掛けて出て行った。

「あんれま、ほんとにいい男だわねえ」

「気品もあるし、男前だねえ」

「いったい、どこの誰なのかねえ」

「帰るところが違っているよね。こんな場違いの長屋に居ては、いけない人だよね」

おかみたちは戸口から覗き、口々に言い交している。

文史郎は男の羽織の紋を調べた。丸に違い鷹《たか》の羽のありふれた紋だった。

お福とお米の声がした。

「ごめん。通してくれ」

路地に大声が響き、のっそりと髯《ひげ》の大門甚兵衛《じんべえ》がおかみたちを分けて部屋に入って来た。

「殿、何ごとでござるか?」

文史郎は倒れ込んでいる若侍を手で指した。

「この若侍、どういうわけか知らないが、今朝早く、ここにまぎれ込んだらしいのだ」

「ほう。何者でござる?」

「さあ。ともかく寝入っていて、ちょっとやそっとでは起きそうにない」

「おい、起きろ。こんなところで寝ては風邪を引くぞ」

大門は若侍に屈《かが》み込み、揺すったり、声をかけたりした。だが、若侍は一向に目覚める気配がなかった。

文史郎は腕組をし、若侍を見下ろした。

やがて左衛門の声がして、褞袍が部屋に運び込まれた。

左衛門は若侍の背中にそっと褞袍を被せた。

文史郎はおかみたちを振り向いた。

「誰か、七輪か竈の炭火を分けてくれぬか。この部屋は火の気がないので、外と同じように寒い。部屋を暖めておこう」

「はいはい」

さっそくおかみたちはばたばたと動き出した。

「大門、おぬし、どう思う?」

「殿、この男、只者《ただもの》ではなさそうですな」

大門が若侍をじろじろ眺めながらいった。

「旗本のお坊っちゃんか、あるいはどこかの藩の若殿のような……」

「しかし、大門殿、もしそうだったら、どうしてこんな長屋に転がり込んだのですかな?」

左衛門がきいた。大門は頭を振った。

「ともかくも、目を覚ましたときに、訊くしかありますまいな」

文史郎は、若侍の寝姿に目をやった。

怪我はしていない。わずかに袴に泥が付いていたものの、どこかで転んだものだ。

文史郎は若侍の大刀を抜いた。外の明かりに照らして刀身を見回した。人を斬った血糊《ちのり》や脂《あぶら》はついていない。斬り合いをした様子はない。

お福やお春たちが両手に抱えて、炭や七輪を運んで来た。

「さあ、男の人たちは邪魔邪魔《じやま》。どいてどいて」

「これから火を熾すからね」

文史郎は若侍の傍を離れ、あとはおかみたちに任せることにした。

二

若侍が目を覚ましたのは、正午《ひる》過ぎのことだった。

お福から、その知らせを受けた文史郎は、左衛門とともに若侍が倒れ込んでいた部屋へ駆け付けた。

部屋には、やはりおかみの一人から知らせを受けた大門が上がり框《かまち》に座っていた。

若侍は畳の上に正座し、頭《こうべ》を垂れていた。

文史郎と左衛門が油障子戸を開けて長屋に入っても、顔を上げようともしなかった。

「おぬし、名はなんと申す？」

「…………」

若侍は口を開こうともしない。

「おい、若いの。口がきけないのか？」

左衛門が苛立《いらだ》ってきいた。

「殿がお尋ねになっておるのだぞ、答えよ」

若侍は「殿」の言葉に、初めて顔を上げ、文史郎に目をやった。若侍の目は硝子玉《がらすだま》のように澄んでいた。

「殿、こいつ、さっきから拙者もきいているのに、答えないんです。強情な男です」

大門が腕組をし、顔をしかめた。

「おぬし、せめて姓名ぐらいはきかせてくれぬか？」

文史郎は優しく訊いた。だが、あいかわらず若侍は黙りこくっている。

「どこの御家中かな？」

「…………」

若侍は無言のまま、また頭を垂れた。

文史郎ははたと気付いた。己が名乗れば、相手も名乗るかもしれない。

「これは失礼した。拙者は文史郎、大館文史郎と申す。爺、おぬしも名乗れ」

「拙者、姓は篠塚《しのづか》、名は左衛門」

左衛門は憮然とした顔でいった。文史郎は大門に名乗るよう促した。

「拙者はさっきここへ来たときに名乗りましたよ。大門甚兵衛だ。わかるな」

若侍は顔を上げ、じろりと大門を睨んだ。

だが、何もいわず、また顔を伏せた。

「何があったか分からぬが、ここへ逃げ込んだのには、何かわけがあったのだろう？」

「…………」

「それとも深酒をして、酔っ払い、ここへ迷い込んだのかな？」

「…………」

若侍は黙ったまま俯いている。

文史郎はあらためて若侍の身形《みなり》や風体《ふうてい》を眺め回した。

袴も足袋も、それほど濡れた様子はない。あまり雪の中を歩き回った様子でもない。

若侍は、いつの間にか、小刀を腰に差し、武士のしきたり通りに、大刀を軀の後ろに置いていた。大刀を背後に置くのは、文史郎たちに敵意を抱いていない証《あかし》だ。

　左衛門がいった。

「若いの。ここはおぬしの長屋にあらずだ。たまたま空き家だったが、おぬしは大家《おおや》はもちろん、長屋の誰にも断らずに潜り込み、ここに突っ伏して寝ていた。ご近所のおかみたちに詫びの一つも……」

　若侍はいきなり、流れるような仕草で、後ろを振り向き、片膝立ちになった。同時に右手で大刀の柄《つか》を摑み、鞘を払った。左手でむんずと抜き身を握り、刀の切っ先を自らの腹に突き立てた。

「何をする！」

　文史郎は咄嗟《とっさ》に若侍の腕を摑んで捻《ひね》り上げた。若侍は抗《あらが》い、なおも刀を自らの腹に突き刺し、切腹しようとした。

　抜き身の刃を摑んだ左手から血が流れた。切っ先を突き入れた腹からも血潮が噴き出した。

　文史郎は手刀を若侍の後頭部に叩き込んだ。

　若侍は大刀の抜き身を握ったまま、どうっと土間に倒れ込んだ。大門が素早く若侍の手から大刀を引き剝がした。

戸口から覗き込んでいたおかみたちが悲鳴を上げた。

「誰か、手拭いを」

「はいっ。お殿さま、これを」

お福が頭に被っていた手拭いを文史郎に渡した。

文史郎は土間に仰向《あおむ》けになった若侍に屈み込み、若侍の小袖の前を拡げた。小袖胴着も下着も血で赤黒く染まりはじめていた。

「誰か、晒《さら》しを」

文史郎は傷口に手拭いを押し当てた。

「なんて馬鹿なことを」

傷口は浅く、大した怪我ではない。だが、一瞬遅れていたら、切っ先は深々と若侍の腹を抉《えぐ》っていただろう。

大門が若侍の上腕を手拭いで固く縛り、血を止めていた。左衛門が抜き身を握っていた左手を調べた。

「指が何本か切れてはいるが、幸いいずれも傷は浅うござる」

左衛門は懐《ふところ》から手拭いを出し、若侍の血だらけの手を縛り上げた。

「土間には置けん。爺、まずはうちから布団を持って参れ」

「はい。すぐに」

左衛門は戸口から飛び出して行った。入れ替わるように、お米が慌ただしく洗い晒しの布を持って入って来た。

「お殿さま、晒しです」

文史郎は晒しを受け取った。

「大門、こやつを裸にしろ」

「はい」

大門は素早く若侍の袴を脱がせ、小袖や下着も脱がし、下穿《したば》き姿にした。文史郎は晒しを、若侍の腹の傷にあてた手拭いの上から、ぐるぐる巻きにして止血した。

左衛門とお福が敷き布団と褞袍を抱えて戻って来た。

お福が畳の間《ま》に薄い煎餅《せんべい》布団を敷いた。

大門と左衛門が若侍を抱えて、畳の間に上げ、布団に寝かし付けた。お福が褞袍を下履き姿の若侍にそっとかけた。

左衛門がお福とお米にいった。

「おかみさんたち、済まぬが、使っていない行火《あんか》があったら、都合してくれないか？この部屋は凍えそうに寒い」

「はい。分かりました。ね、熊《くま》さんちに使っていない行火があったわね」

「そうね。行ってみましょ」

お福は、ほかのおかみたちと話をしながら、引き揚げて行った。

文史郎は、気を失って寝ている若侍の顔を覗き込んだ。若侍は、何ごともなかったかのように、すやすやと眠っていた。

「いったい、何があったのかのう？」

若侍は問い詰められているうちに、咄嗟《とっさ》に切腹しようとした。腹を切らねばならぬような、いったい、どのような事情があったというのか？

「殿、先ほどの身のこなし、いかがにご覧になられましたか？　この若侍、並の剣の腕前ではなさそうですな」

「爺も、そう見たか」

文史郎は腕組をして頷《うなず》いた。

大門も唸るようにいった。

「おそらく、こやつ、若いにもかかわらず、かなりの剣の達人にござるな。少しも殺気を放たず、一瞬にして刀を抜き、自らの腹に突き立てるとは、只者ではござらぬ」

文史郎は考え込んだ。

若侍は、どこから来たのか？　そして、どこへ行こうとしているのか？

何に悩み、自死せんとしたのか？

なぜ、口を噤《つぐ》み、自らを消しにかかったのか？

そも、こやつ、いったい何者なのか？

油障子戸ががらりと開き、お福たちが、行火を持って来た。

油障子戸の間から細雪の細かな雪片が長屋の中に吹き込んだ。

「お殿さま、行火、ありましたよ」

お福たちは、すぐに畳の間に上がり、若侍の褞袍の足許に行火を据えた。台所で左衛門が行火用の炭火を熾しはじめた。

三

若侍が再び気が付いたのは、小半刻《こはんとき》ほど経ってからだった。

男は己が裸にされ、下着姿になっているのに気付き、褞袍を撥ね除け、周りを見回した。

「心配いたすな。おぬしの着物は、いまおかみたちが洗っている。だいぶ血がついて汚れてしまったが、洗えば落ちる」

　文史郎は火鉢にあたりながらいった。

　男は手で腹を探り、包帯で傷口を塞《ふさ》がれているのに気付いた。ついで、左手も包帯を巻かれているのに気付いた様子だった。

「安心せい。蘭医の幸庵《こうあん》が手当てをし、いましがた帰ったところだ。安静にしていれば、数日で傷は塞がり、痛みも無くなるだろう、とのことだ」

「…………」

　男は落ち着かず、なおも周りを見回す。

　刀を探している。文史郎は静かにいった。

「悪いが、大小はしばらく預からせてもらう。ここで死なれては大家も我々長屋の者も大いに迷惑する。まだ腹を切るつもりなら、元気になって長屋を出てから、どこかよそでやってくれ。そのときは、あえて止めぬ」

　男は口を真一文字に結び、がっくりと肩を落として、うなだれた。

　なぜ、死なせてくれなかったのか、という顔をしている。

　突然、男の腹がきゅるるると音を立てた。

　男は必死に両手で腹を押さえた。それでも、腹の虫は喧《やかま》しく啼《な》いている。

「ははは。腹が減っているのか」

文史郎は愉快になった。

男は気持ちのうえでは死のうとしているのだが、健康な胃袋が男を裏切って騒いでいるのだ。

男は決まり悪そうに、文史郎を見て、顔を赤らめた。

文史郎は大声で左衛門を呼んだ。

外でおかみたちと話していた左衛門は急ぎ足で戻って来た。

「飯を用意してやってくれ。こやつ、腹が空いているらしい」

「はい。しかし、朝の残りの雑穀飯とたくわんぐらいしかありませんが」

「それでいい。長屋住まいのわれわれは、普段、みなそれを食っている。姓名も名乗らず、正体も明かさぬこやつをお客さま扱いすることはない」

男は下を向いたまま、身を縮めて文史郎と左衛門の話をきいていた。

「若いの、名前はなんと申す？」

文史郎はあらためて訊いた。男は黙ったまま答えなかった。

左衛門は呆れた顔になった。

「こやつ、まだ名前もいわぬのですか？」

「何があったか、知らぬが、強情なやつだな。いいたくなければ、勝手にこちらで名前を付けて呼ぶぞ」

「…………」

「爺、どうだ？　こいつにふさわしい、何か適当な名はないか？」

「名無しの権兵衛《ごんべえ》ですから……、権兵衛と呼んでは？」

「それでは口入れ屋の権兵衛と同じになる。そうだ、こいつ、歌舞伎《かぶき》役者のようないい男だから、團十郎《だんじゆうろう》とでも呼ぶか？」

「八代目市川《いちかわ》團十郎の團十郎ですか？」

左衛門は俯き加減の若侍に目をやった。

若侍の色白の顔に解《ほつ》れ毛が一、二本。確かに役者のような色気が放たれている。

「いいですねえ。こやつにはもったいない名だけども」

左衛門はうなずいた。文史郎は若侍にいった。

「おい、名無し、きいているか？」

「…………」

「どうしても名乗らないのなら、われらはおぬしを團十郎と呼ぶことにする。文句があるなら、いまのうちだぞ」

「…………」

若侍は身じろぎもしなかった。

また若侍の腹の虫が鳴った。若侍は恥ずかしそうに顔を歪め、手で脇腹を押さえた。

文史郎は笑い、左衛門に目配せした。

「はいはい。すぐに飯の用意させましょう」

左衛門は外に出て行った。

文史郎は煙草盆《たばこぼん》を引き寄せ、煙管《キセル》の皿に莨《たばこ》を詰めた。火鉢の炭火に莨を押しつけ、煙を吸った。

「團十郎、何があったのか、わけを話してみよ。きっと楽になるぞ。ひとりくよくよしていては、解決しないぞ」

若侍の腹が鳴った。途端に若侍は布団に臥せ、褞袍を被って丸くなった。

「なんなら相談に乗ってもいいぞ。それがしたちは、よろず相談に乗り、人助けをする生業《なりわい》をしておる。人呼んで相談人だ。この長屋に転がり込んだのも何かの縁であろう。なんでもいい、おぬしの死にたくなるほどの悩みをいえ」

文史郎はキセルを銜《くわ》え、何度も煙を吹かした。最後にキセルの雁首《がんくび》を火鉢の縁にあてて、莨の灰を落とした。

若侍はなんの反応もしなかった。

人の気配が外でした。話し声もきこえる。

やがて、油障子戸が開き、大門と大家の安兵衛《やすべえ》が顔を見せた。

安兵衛が文史郎の顔を見ると、愛想笑いを浮かべた。

「お殿様、ご機嫌麗《うるわ》しうございますな」

「うむ」

大門が割って入った。

「殿、いま安兵衛どのと話をしていたのですが、この長屋には、間もなく新しく夫婦者の店子《たなこ》が入ることになっているんだそうです。だから、勝手に人を入れてもらっては困るんだそうです」

「そうなんです。それも名前も身許も分からない行き倒れ者なんでしょう? 困りますよ。すぐに追い出していただかなければ、ここをあてにしている夫婦者が可哀想でしょうが」

安兵衛が声を大きくして文史郎にいった。

「安兵衛、二、三日でいい。ここに置かせてほしい。店賃《たなちん》の日銭《ひぜに》も、私が払う」

「そうですか。で、どの方なんです。その行き倒れというのは?」

安兵衛は部屋の中を覗き込んだ。褞袍を被って丸くなっている男の様子を見て合点《がてん》した。

文史郎は笑いながらいった。

「行き倒れではない。名前もある」

「え？　若侍は名乗ったのですか？」

大門が文史郎にいった。

安兵衛が身を乗り出した。

「で、お名前は？」

「團十郎だ」

「團十郎？」

大門と安兵衛は顔を見合わせた。

「とりあえず、名無しでは困るので、拙者と爺とで付けた仮の名だ」

また外で人の話し声がした。足音が近付いてくる。

油障子戸ががらりと開いた。左衛門といっしょにお福たちが長屋に入って来た。

「あら、大家さんまで」お福が驚いた。

「ああ、みなさん」

「まさか、店賃《たなちん》の催促じゃないでしょね」

「月末って約束じゃないの」

「そうよ。もっとも、うちなんか、三カ月店賃払ってないけど。いまは払えない」

おかみたちが口々に声を上げた。

「みなさん、今日は店賃の催促ではありません。心配しないで」

「そんなら、よかった」

「脅かさないでよ、大家さん」

おかみたちは顔を見合わせて笑った。

「それはそうと、お待ちどおさん、おさむらいさんはお腹が空いているんでしょ」

お福はお櫃《ひつ》を抱えていた。お米が味噌汁の鍋を手にし、左衛門が箱膳《はこぜん》を提《さ》げていた。

ほかのおかみたちが、それぞれ、たくわんを入れた小皿を手にしていた。

おかみたちは大家や大門を押し退け、畳の間に上がって箱膳を寝床の前に置いた。

箱膳の上にどんぶりや椀、お新香の皿や箸が並べられた。

お福がどんぶりにお櫃の中の雑穀ご飯を盛り付けた。お米が椀に味噌汁を注いだ。

「さあ、おさむらいさん、ご飯をお食べくださいな」

お福は褞袍に丸まった若侍に声をかけた。

「そうよ。遠慮しないで食べてちょうだい」

お米もいった。

褞袍の山がむっくりと起き上がった。やがて、恐る恐る色白の若侍の顔が褞袍の下から現れた。

切れ長の美しい目が流し目で、お福やお米をはじめおかみたちを見回した。細い指で額にかかった解《ほつ》れ毛を除けた。能面のように表情はなかったが、どこかに憂いが残る顔をしている。

「まあ……」

お福やお米も、おかみたちもうっとりと若侍を眺め、溜め息をついた。

「なんて、いい男なの……」

「みんな、こやつは今日から團十郎だ。團十郎と呼べ」

文史郎は笑いながらいった。おかみたちは顔を見合せた。

「團十郎様……」

「ほんと。團十郎様ねえ」

若侍はそっと雑穀飯が入ったどんぶりに手を伸ばした。どんぶりを引き寄せると、雑穀飯を見つめた。

白米や麦飯と違い、雑穀飯は、お米のほかに、粟《あわ》や稗《ひえ》、大豆《だいず》、蕎麦《そば》などが混じっている。そのため、白米のような白さはなく、茶褐色の混ぜご飯になっていた。

若侍はどんぶりの中を覗き込み、ちらりと文史郎や左衛門を見た。その目には、これを食べるのか、という問いかけがあった。

「ああ。食べるんだ。食べたことがないのか？」

文史郎は以前の己のことを思い出した。文史郎もこちらの長屋に越して来たとき、初めて雑穀飯を見て、一瞬絶句した。江戸屋敷や在所の城で食べていた白米の飯とはあまりに違う。違い過ぎると思った。

雑穀飯には、白米のような香りはない。雑穀はいくら煮込んでも固くて歯ごたえがあり、味も白米飯よりもはるかに落ちる。下層の貧乏人の食い物だった。上層の武家の食い物ではない。

きっと若侍は雑穀飯を食したことがないのだろう。ということは、武家でも裕福な家柄の息子なのに違いない。

若侍はじっと雑穀飯を見ていたが、やがて思い切ったように箸を延ばし、どんぶりを口に持って行った。

雑穀飯の塊《かたまり》を箸で摑み、ゆっくりと口に入れた。それから、しっかりと力強く咀《そ》嚼《しゃく》を始めた。

「どうだ？　味は？」

「…………」

若侍は何もいわない。

「よく嚙めば旨《うま》さが出て来る」

若侍は黙って味噌汁の椀を取り上げ、薄い味噌汁を啜り飲んだ。ついで、たくわんの切れ端を摘み上げ、口に入れた。たくわん特有の軽やかな音を立てて嚙んだ。

それから、若侍はどんぶりを抱え、箸で勢い良く雑穀飯を掻き込みはじめた。ついで口を動かしながら、味噌汁を啜り、また雑穀飯に戻るを繰り返す。

たちまち、雑穀飯の入ったどんぶりは空《から》になった。若侍は空になったどんぶりをお福に突き出した。

「まあ、お代わりしたいの？」

お福は破顔し、しゃもじでお櫃の中の雑穀飯をどんぶりに盛り付けた。

若侍はどんぶりを受け取ると、先刻よりも早く雑穀飯を掻き込みはじめた。あまり雑穀飯を掻き込み過ぎ、若侍は激しく咽《む》せはじめた。

「まあ、そんなに急がなくても、ご飯は逃げないのに。さ、これを飲んで」

おかみの一人が白湯《さゆ》の入った茶碗を差し出した。

若侍は白湯の入った茶碗を受け取り、喉に流し込んだ。そして、再び、雑穀飯を掻き込みはじめた。

若侍は空にしたどんぶりを、恐る恐るお福に差し出した。

「まあまあ。さぞ、お腹が空いていたのねえ」

お福はうれしそうに笑い、お櫃の雑穀飯をどんぶりに大盛りに盛り付けて若侍に渡した。

若侍は味噌汁を啜り、たくわんを齧《かじ》り、再びどんぶり飯を掻き込んだ。

最後に茶碗の白湯を飲み干し、ほっと息をついた。それから、若侍は両手を合わせ、お福やお米、おかみたちに無言のまま、頭を下げた。

「まあ、團十郎さんは私たちに、お礼をいいたいのね」

お福たちは満足そうにうなずいた。おかみたちは笑い合った。

「いいの、いいの。お礼なんてねえ」

「それより、早く元気になってね」

「大家さん、長屋の團十郎を、しばらくお願いしますね」

「そう。團十郎さんは、私たちがお殿様たちに代わって、面倒みさせてもらうから」

若侍はおかみたちの話をきいてかきかずか、また褞袍を被って丸くなった。

「ま、仕方ない。しばらくはいいでしょう。お殿様が責任持ってくださいよ。店賃もきちんとお願いしますよ」

大家の安兵衛は、それだけ言い残すと、あたふたと帰って行った。

外の細雪はいつしか止《や》んでいた。薄く雪で覆われた細小路を長屋の子供たちが歓声を上げて走って行った。

四

それから、翌日も翌々日も團十郎は長屋の部屋に閉じ籠もっていた。

文史郎や大門、左衛門は何度となく、團十郎を宥《なだ》め賺《すか》して、わけを話すよういったが、團十郎は褞袍を頭から被ったままだった。

文史郎たちは、今後のことを相談した。

ともあれ、若侍に長屋で死なれては困る。包丁とか草刈り鎌とかいった刃物はすべて片付けた。

さらに、文史郎たちは交替で誰か一人が部屋に詰め、万が一にも團十郎が自死しないよう見張ることにした。

團十郎は若いだけあって、食欲だけは旺盛だった。毎食大飯を食らい、文史郎たちや世話を買って出たお福やお米を呆れさせた。

さすがに腹に据えかねた左衛門と大門は、團十郎を起こして正座させ、自分たちの忍耐にも限度がある、と説教を始めた。

「團十郎、見ての通りの倹《つつま》しい長屋暮らしをしているおかみや亭主たちが、死のうとしたおぬしを哀れだと思い、乏しい米や雑穀をおまえに分けてくれているのだぞ」

「おぬしは何かわけがあって、この長屋に逃げ込んだ。そのわけも話さず、ただ毎日、大飯を喰らう居候《いそうろう》を決め込むのは、情けないと思わないか？」

「おぬしが勝手に黙っているのはいいが、ここに居る以上、少しは長屋のおかみさんたちの役に立つことをしたらどうだ？　それが、長屋の人たちに世話になった、せめてもの恩返しではないか？」

文史郎は左衛門と大門がこんこんと説教するのを黙って見ていた。

若侍はさすがに左衛門と大門の説教が堪《こた》えたのか、顔を赤くしている。だが、あいかわらず頑《かたく》なに口を開こうとはしなかった。

文史郎は腕組をし、團十郎の様子をじっと見つめた。團十郎は文史郎が見ていると分かると顔を伏せ、文史郎の目を避けた。

いったい、この若侍に何があったというのだろうか？

文史郎は溜め息をついた。わけが少しでも分かれば、若侍が抱えている悩みに付き合うことができる。話してくれないことには、どうにもならない。

若侍が長屋に逃げ込んでから五日が経った。

文史郎は、いつものように、弥生《やよい》が道場主の大瀧《おおたき》道場で門弟たち相手に稽古《けいこ》で汗を流し、長屋に戻ると、井戸端の方角から薪《まき》を割る快音が響いている。

いつもなら、薪割りは大門や左衛門、文史郎の仕事だった。

文史郎は若侍のいる長屋を覗いた。長屋には若侍も大門もいなかった。

もしかして、と文史郎は思った。

長屋の端にある井戸端に行ってみると、一心不乱に鉞《まさかり》を振るっているのは、若侍だった。傍らで大門が腕組をし、仁王立ちしていた。

「大門、どういうことだ？　團十郎にやらせたのか？」

大門は髯を撫でながらうなずいた。

「それがしが厠《かわや》に立った間に、團十郎は長屋から抜け出したのです。どこへ行ったのかな、と思ったら、井戸端から薪割りをする音がきこえた。で、ここへ見にきたら團十郎が一人鉞を振るっていたのです」

「ほう。そうだったか」

「それも、こやつ、結構、薪割りの腕がいいので、驚いて見とれていたところですわい」

文史郎は大門にいわれるまでもなく、鉞を振るう姿に見入った。

團十郎は太い薪を土台の上に立てると、鉞の刃を一度薪の上にあてた。ついで、薪に正対し、鉞を頭上に振り上げる。それから、一気に鉞を薪に振り下ろし、薪を真っ二つにする。腰の使い方といい、手や腕の流れるような打ち込みの姿といい、一分の隙もない、若いのに熟練の剣士の技だった。

團十郎は無言のまま、また太い幹の薪を立て、鉞を振り上げた。一気に鉞を振り下ろし、小気味のいい音を立てて薪を割った。

すでに團十郎の足許近くには、割った薪がかなりの本数、散らばっていた。

「見事見事」

文史郎は手を叩いた。

團十郎は文史郎が見ているのを知り、照れ臭そうな顔をしていた。

薪は長屋の住民たちが煮炊きするために使う大事な燃料だった。

「團十郎、昨日のおぬしたちの説教が、だいぶ効いたようだな」

「ならばいいのですが」

　大門は髯を撫でた。

「少しは團十郎も考えたのだろう」

「殿、しばらく、團十郎をそれがしに預けていただけませんか」

「どうするというのだ？」

「若い者が、くよくよ悩んでいるときは、ともかく軀《からだ》を使うのが一番の薬です。軀を動かしているうちに心も晴れる。それがしが、あやつを土方《どかた》仕事に連れ出します。土方をやらせ、世の中の厳しさを軀で覚えさせる。そうやっているうちに、少しは心を開くでしょう」

「もし、やつが嫌がったら、いかがいたす？」

「そうしたら、長屋からさっさと追い出しましょう。あやつを少し甘やかしすぎたかもしれません。びしっと鍛えれば、立ち直るでしょう」

　文史郎は大門を見た。

　大門は自信ありげにうなずいた。

「殿、こちらにおられましたか」

背後の細小路から左衛門の声がきこえた。

左衛門は仕事を探しに、口入れ屋の権兵衛のところへ顔を出していた。何か仕事の口を見付けて来たらしい。権兵衛もいっしょだった。

「おやおや、團十郎が……」

左衛門は若侍が鉞を振るう姿に目を細めた。

文史郎は大門にいった。

「よし。團十郎は大門に預けよう」

「あやつ、鉞を振るう姿を見ていると、結構力仕事が向いているように思います。私といっしょに土方仕事をやらせ、軀を動かすようにさせましょう。そのうち、やつも音《ね》を上げて、話をするようになるかもしれません」

團十郎はまた鉞を太い薪に振り下ろした。スコーンという澄んだ音が長屋に響いた。

五

「お殿様、今度は人探しのお仕事なんです」

権兵衛は火鉢の炭火に手をかざしながら、文史郎にいった。

「ほう。どんな人を探せというのだ？」

「娘です。どうやら、男と駈け落ちしたらしいのです」

「駈け落ちした娘を取り戻せと申すか？」

「はい」

「駈け落ちした娘を探すのは難しいぞ。たとえ見付けても取り戻すとなると、さらに難しい」

「親御さんは必死なのです。娘のことを思うと、心配で心配で、いくらお金を積んでもいいから、なんとか娘を取り戻してくれないか、と申しておられます」

文史郎は左衛門と顔を見合わせた。

「商家の娘か、それとも武家の娘か？」

「大店《おおだな》の商家の娘です」

「駈け落ちした相手は？」

「分からないのです」

「分からないとは、どういうことだ？　相手も分からないのに、どうして駈け落ちしたといえるのだ？」

「寝所《しんじょ》に恋い文が何通もあったそうなのです。文にはいずれも相手の名前は書いてなく、ただ末尾に椿《つばき》の印《しるし》があったそうなのです」

「椿？」

「はい」

「恋い文には、出奔《しゅっぽん》を促す誘いの言葉があったのか？」

「それには恋の歌が書かれておりましたが、家出を誘うような文言《もんごん》はなかったそうなのです。だが、恋い焦がれる文言《もんごん》ばかりだったとのことでした」

「椿という名の男に心当たりはあったのか？」

「それが、親御さんも番頭手代、女中や下男下女の誰も、そのような男が思い当たらないらしいのです」

「日ごろの娘の様子を見ていれば、大概、娘がどんな男に入れ揚げているか、分かるものだがな。それに心配する必要はないと思うがのう。そのうち、きっと連絡があるのではないか？」

「そうなのですが、そこへ、一つ心配なことが起こったらしいのです」

「ほう。どのような？」

「娘の簪《かんざし》の付いた手紙が届いたのです。娘の字で、とりあえず百両を使いの者に渡してほしい、と」

「使いの者というのは、誰だ？」

「簪の付いた手紙を持ってきた女子です」

「その女子のあとを尾《つ》ければ、娘の居場所が分かるのではないか？」

「親御さんも同じ考えでした。で、番頭に使いの者のあとを尾けさせたのです。そうしたら、浅草《あさくさ》の人混みの中で、その女子を見失ったそうなのです」

「なるほど」

「とりあえず百両を、とあったけれども、そこに付け加えて、いずれ五百両が必要なので、用意しておいてほしい旨《むね》が記してあったそうなのです」

「五百両か。なぜ、そんな大金が必要なのかな？」

「そうでしょう？　もし、五百両を出さなかったら、娘はどうなるのだろうか、と親御さんは心配になったのです」

「もしかして、相手の男は娘をたらし込み、親にお金を無心させているのかもしれないな」

「そう考えた親御さんは、相談人にお願いできないか、とやって来たのです。親御さんとしては、お店の体面もあるので、ごくごく内密にご相談したい、と申しておられるのですが」

文史郎はキセルの雁首を火鉢の縁でぽんと叩き灰を落とした。

「爺、いかがいたす？　他人の恋路を邪魔するのもなんだが、親御さんが娘を思い、心配するのももっともな話ではあるな」

「引き受けましょう。あまり難しい相談事でもなさそうですし、すぐに娘の居所が見つかりそうですから」

「うむ。爺に任せよう」

左衛門は権兵衛に向き直った。

「ということで殿のお許しが出た。権兵衛、その大店と申すは、どこなのだ？」

「ありがとうございます。札差《ふださし》の扇屋《おうぎや》にございます」

「なに？　では娘の親御さんというのは、扇屋の主人の盛兵衛《せいべえ》か？」

左衛門は思わず、文史郎の顔を見た。

扇屋ら札差の生業《なりわい》は、旗本、御家人の代理として、蔵米《くらまい》の受け取りや売り捌《さば》きを行ない、その手数料を取ったり、米穀を担保として金銀を貸し付ける高利貸しでもあった。

扇屋盛兵衛は、札差の中でも高利貸しとして悪名高い商売人だった。扇屋は武家のみならず、高利貸しとして一般の商家にも金を貸していた。その取り立てはやくざ者を使い、苛酷で容赦《ようしゃ》のないものとして恐れられた。借金の形《かた》として、娘を女郎屋に売り飛ばしたりするような阿漕《あこぎ》なことも平気でやる。

そのため、盛兵衛への恨みを持つ者は数知れずいた。

「さようで。扇屋盛兵衛も人の子でございます。いざ、己の娘のことになると、なんでもしようということなのでしょう」

文史郎は腕組をした。ふと頭を過《よぎ》った歌を思い出した。

「人の親の心は、闇にあらねども子を思う道に惑《まど》いぬるかな、か」

「さようでござるな」

左衛門もうなずいた。文史郎は尋ねた。

「扇屋盛兵衛の娘は、なんと申す?」

「茜《あかね》という名の娘で、これが親の盛兵衛とは似ても似つかぬ、器量よしの優しい娘だときいています」

「さようか。で、娘の歳は?」

「たしか、十六だったかと」

「まだ初々《ういうい》しい年ごろだな」

「浅草小町《こまち》と呼ばれていました」

「娘を見初《みそ》めた男は分かっているのか？」

「それが娘を見初めた男は沢山《たくさん》いて」

「分らぬというのか」

「盛兵衛によれば、それは引く手数多《あまた》で、商家のどら息子から武家の御曹司《おんぞうし》までいたそうです。ですが、いざ娘の親が盛兵衛だと知ると、多くの男たちが恐れをなして引いていったとのこと」

「情けないのう」

文史郎は左衛門と顔を見合わせて笑った。

六

その日、さっそくに文史郎は権兵衛と左衛門を連れて、浅草蔵前《くらまえ》に店を構える蔵宿《くらやど》の扇屋を訪ねた。

扇屋の店の前には米俵を山と積んだ荷車が集まり、米商人たちが忙しく店に出入りしていた。店先では旗本や御家人の勘定係たちが、番頭を相手に帳面を前にしながら、あれこれと商談をしている。

権兵衛が先に店に入り、出て来た番頭に話をした。番頭はちらりと文史郎と左衛門に目をやり、頭を下げた。

「わざわざお越しくださいまして、ありがとうございます。私は大番頭の定吉《さだきち》にございます。少々お待ちくださいませ。ただいま主人を呼んで参ります」

番頭は急ぎ足で店の奥に姿を消した。

ほどなく背の低い小太りの主人然とした男が現れ、式台に座って文史郎たちを迎えた。

「相談人様、さっそくにお越しいただきありがとうございました。私が扇屋の主人盛兵衛にございます」

盛兵衛はその場に平伏し、文史郎に頭を下げた。頭を起こすと、すぐにいった。

「この店先ではなんでございますから、奥へどうぞ」

「さ、どうぞどうぞ」

定吉も文史郎と左衛門、権兵衛に上がるように促した。

「うむ。御免」

文史郎は雪駄を脱ぎ、式台に上がった。盛兵衛と定吉に案内されて、昼間も暗い廊下を進んだ。

長い廊下を行くと、左手に庭が、右手に客間があるところに出た。番頭が障子を開け、文史郎たちは客間に通された。

文史郎と左衛門は床の間を背にした上座に座らされた。

正対して、盛兵衛、定吉、権兵衛が並んで座った。

挨拶を交わしたあと、権兵衛は文史郎たち剣客相談人が、娘の茜探しを引き受けたと、盛兵衛に告げた。

盛兵衛はほっと安堵の顔をし、文史郎たちに深々と頭を下げた。

「このたびは、無理な話をお引き受けいただきまして、ありがとうございます」

盛兵衛は懐から紫色の絹布の包みを取り出し、文史郎の前に置いた。絹布をさらりとめくると、白い紙に包まれた切餅《きりもち》が一個出て来た。

金子《きんす》二十五両。

「これは手付け金として、お渡しします」

大金である。

文史郎は、これは並の事案ではないという思いに捉《とら》われた。

「茜を無事連れ戻すことができたら、このほかに、百両を謝礼としてお出しします」

すかさず左衛門が訊いた。

「もし、万が一、茜殿を連れ戻せなかったら、どうなるのだ?」

「二十五両、全額、お返し願いたい」

「ははは。さすが盛兵衛。支払った金の分は働いてもらうということだな」

「さようにございます」

盛兵衛は済ました顔でうなずき、権兵衛に顔を向けた。

「権兵衛殿、そういう約束でしたな」

「はい。その通りです」

権兵衛が平気な顔をしているということは、別に口入れ料をちゃんと盛兵衛から取っているからだろう、と文史郎は思った。

権兵衛もまた、転んでもただでは起きない抜け目のない商売人である。

「では、これは確かに」

左衛門は切餅を懐に入れた。

廊下の奥から、衣擦れの音がきこえた。

「旦那様」

女の声がした。

「何ごとだ?　いま来客中だ」

「お客様にわたくしもご挨拶いたしたく」

「しようがないな」

盛兵衛は憮然としていい、大番頭の定吉に顎をしゃくった。定吉が膝行《しっこう》し、静かに障子戸を開けた。

妙齢の女性が廊下に座り、三《み》つ指《ゆび》をついて頭を下げていた。

「相談人様、私が娘茜の母親美代《みよ》にございます。なにとぞ、娘の茜をお救いいただきますようにお願いいたします」

美代は島田髷《しまだまげ》を深々と下げた。

「美代、そんなところで挨拶せずに、中に入りなさい」

盛兵衛は気忙《きぜわ》しくお内儀にいった。美代は、少し躊躇《ちゅうちょ》した様子だったが、意を決して客間に入った。文史郎たちに背を向け、静かに障子戸を閉めた。

美代の軀が纏《まと》った冷気が客間に流れ込んだ。ほんのりと芳《かぐわ》しい化粧の香が漂った。

美代は盛兵衛の隣に座ると、あらためて文史郎と左衛門に挨拶をした。美代は顔を上げた。切れ長の大きな目が文史郎をしっかりと見据えた。黒目がちの目は潤《うる》んでいた。

瓜実顔《うりざねがお》に形のよいおちょぼ口。弓のように弧を描いた細い眉。色白で艶《つや》やかな肌。

きりりと引き締まった凛凛《りり》しい面立ち。

美しい女だ、と文史郎は思った。きっと娘の茜も、母親似の美しい娘に違いない。

「美代殿、おぬし、さきほど娘の茜をお救いいただきますようにと申しておったな。それは、どういうことだ？」

美代は旦那の盛兵衛の顔を見た。盛兵衛が美代の代わりにいった。

「家内は、茜が誰かに拐《かどわ》かされたのではないか、と思い込んでいるのです」

「ほう。駈け落ちではなく？」

「茜は、なんでも私に話す娘でした。正直者で、うそなどは決していわない子です。だから、駈け落ちするような好きな相手がいたら、私に必ず話したはずなのです。なのに、あの子は何もいわなかった。ですから、旦那様から、駈け落ちした茜が百両もせびったときいて、きっと攫《さら》われたのだと思ったのです。あの子は、そんな大金をせびるようなことはしないはずです」

美代は目を伏せていった。

勝ち気で聡明なお内儀だ、と文史郎は思った。

「ははは。家内は考え過ぎだ。もし、茜を攫って人質に取り、金を要求するなら、百両程度の金額ではないだろう。きっとわしの足許を見て、千両二千両と吹っかけてくるはずだ。わしは、自慢じゃないが、金貸しとして憎まれているからな。ほんとうにわしから金を盗ろうとしたら、百両程度の端金《はしたがね》では済まないだろうよ」

　盛兵衛は溜め息混じりに答えた。

　盛兵衛は自分が高利貸しとして、人々から憎まれているのを知っている。その報いも覚悟している様子だった。正直といえば正直な男だ。

　文史郎は訝《いぶか》った。

「恋い文を残していたそうですね。見せてくれませんか？」

「恋文というか、付け文された手紙ではなく、茜が己の心を綴ったような歌を書きつけたもののようでして」

「ともかくも、見たい」

「美代、すぐにお持ちしなさい」

「はい、旦那様」

　美代は衣擦れの音を立てながら、そそくさと廊下に出て行った。

「盛兵衛、おぬしが最後に茜の姿を見たのは、いつのことだ？」

　盛兵衛は番頭の定吉に振り向いた。

「どうだったかな、番頭さん」

「旦那様が、旗本の大竹様《おおたけ》とお話ししているときではないですか？　一昨日の正午過ぎだと思います」

「うむ。そうだった。茜は本所《ほんじょ》に買物に出掛けるといって店を出て行った。そして姿を消した」

「一人で出掛けたのか？」

「はい。いや、そうではないな」

盛兵衛は番頭の定吉を見た。

「いつもは、下女のおせいがお供していたはずです」

「そうだな。おせいは、どうした？」

「そういえば、おせいは一昨日から風邪《かぜ》で休みでした。昨日も休みで、今朝は台所で働いているのを見ましたが」

左衛門が訝った。

「では、茜はおせいを連れずに一人で出掛け、そのまま帰って来なかったというわけですな」

「はい。そういうことになりますな」

文史郎が訊いた。

「なぜ、駈け落ちだと思ったのか？」

「誰か迎えに来たと思ったが、どうだね、番頭さん」

「そのとき、私は御家人の佐々木《ささき》様と商談をしておりましたので、分かりません。小番頭の和助《わすけ》なら知っているかもしれません。和助は内所《ないしょ》で算盤《そろばん》を弾いていたから、誰か訪ねて来たら、きっと知っています」

「じゃあ、和助を呼んで来てくれ」

「はい。ただいま」

大番頭の定吉は立ち上がり、廊下に出て行った。

「盛兵衛、茜に何か変わったことはなかったか？」

盛兵衛は頭を振った。

「いまから思えば、一昨日、茜は朝からなんとなく心ここにあらずで、そわそわしていたようでした。わしがふと気になって、朝の食事のときに、茜をからかったのです。おまえ、今日は妙だぞ。思い焦がれる男でも出来たのかと。そうしたら、茜は顔を真っ赤にして否定した。それでかえって怪しいと思ったのです」

「ふうむ」

「あのとき、問い詰めていたら、駈け落ちを防げたかと思うと口惜しくて」

廊下に衣擦れの音が立ち、お内儀の美代が戻って来た。いっしょに女中を連れていた。

「これでございます」

美代は文箱《ふばこ》を文史郎の前にそっと差し出した。文史郎は文箱の中にある懐紙を取り上げ、一枚一枚に書かれた文を読んだ。

忘らるる　身をば思わず　ちかひてし　人の命の惜しくもあるかな

二枚目には、

なげきつつ　ひとりぬる夜の　あくるまは　いかに久しきものかとはしる

三枚目、

忘れじの　ゆく末までは　かたければ　今日をかぎりの　いのちともがな

四枚目には、

あらざらむ　この世のほかの　思ひ出に　いまひとたびのあふこともがな

文史郎は顎を撫でた。五枚目には、

やすらはで　寝なましものを　さ夜ふけて　かたぶくまでの　月を見しかな

六枚目は、半分に折られた懐紙だった。紙を開いてみると、「九十七」とだけ書いである。

　文史郎はなるほどとうなずいた。いずれの懐紙にも末尾に椿の花弁の印があるが、九十七と書かれた紙の末尾には松葉が印してあった。

「いずれも百人一首から選んだ恋歌ばかりだな」

「さようでございますな。それも、女子が詠んだ歌では？」

　左衛門が文史郎の顔を見た。

「一枚以外は男から貰った紙でないな」

「と申しますと？」

「茜が返歌に使おうと選んだ和歌ではないかと思う」

「なるほど」

「歌をやりとりしていた男がいたな」

　盛兵衛が訝った。

「美代、おまえ、知っておったか？」

「……いえ」

「この九十七は何か分かるか？」

「いえ。なんでしょう？」

美代は首を傾げた。

「九十七番歌だ。権中納言定家の詠んだ歌で、こぬ人を　まつほの浦の夕なぎに　焼くやましほの身もこがれつつ、だ」

「まあ、いい恋の歌ですわね」

美代は赤く頬を染めた。

文史郎は腕組をし、考え込んだ。

「これらの和歌の懐紙、お借りしてもいいかな？」

「はい。どうぞ、お持ちくださいませ」

文史郎は左衛門に目配せした。左衛門は和歌が書かれた紙を丁寧に折畳み、懐に仕舞い込んだ。

「ところで、相談人様、女中のおくにの話をきいていただけませんか？」

美代は後ろに座った女中を振り向いた。

おくにと呼ばれた女中は、ぽっちゃりした愛敬ある丸顔をしていた。おくには神妙な顔で文史郎に頭を下げた。

「何ごとかな？」

「実は、奥様には申し上げていたのですが、茜様に付きまとう若い男がおりました」

盛兵衛が大声でおくにを叱咤した。

「なに、おくに、なんで、それを早くわしにいわなかったのだ？　そうと知っておれば……」

「申し訳ありません」

おくには美代の陰に隠れようと身を縮めた。

文史郎は乗り出そうとする盛兵衛を手で制した。

「盛兵衛、待て。いま、おくにを責めても、始まらないぞ。ここは、それがしたちに任せてくれ」

「……それはそうですが」

盛兵衛は口籠もった。

文史郎はおくにに向き直った。

「おくにとやら、その若い男というのは、どんな風体《ふうてい》の男だ？」

「一人は、おさむらいでした」

「なに、付きまとったのは、一人だけではないのか？」

「はい。茜様とごいっしょして歩くと、決まって、一人や二人の男の方があとを尾《つ》けて来るのです。それで茜様も慣れっこになってしまい、そのたびに、どの男は男前だのと品評していたのです」

「おまえたちは……」

盛兵衛が顔を曇らせた。

「まあまあ」と文史郎が笑いながら、盛兵衛を窘《たしな》めた。

「いつも同じ男というわけではないのか?」

「はい、そのおさむらいと、もう一人の町方の鯔背《いなせ》な若衆は何度も茜様を尾け回していたのですよ」

「どこで尾けられたと分かったのだ?」

「両国橋《りょうごくばし》の広小路《ひろこうじ》とか、浅草の出店や日本橋《にほんばし》に買物に出たときなど、決まって尾けて来ました」

「どこまで?」

「たいていは、店近くまで。店先には、河原崎《かわらざき》様たちがいるので、それ以上は近寄らず、決まって姿を消します」

「河原崎とは?」

文史郎は訝った。

「ああ、うちの用心棒に雇っている河原崎慎介《しんすけ》というさむらいでしてね。いつも店先近くにいて、怪しい無頼者が来ると追い返す役目を負っているんで」

　文史郎はおくにに訊いた。

「いつも店先まで尾けて来る、さむらいと、鯔背な若衆は見れば分かるかい？」

「はい。分かります。もう何度も尾けられたので」

　おくには悪戯《いたずら》っぽそうに首を竦《すく》めた。

「茜は、いつも、おせいを連れて歩いているときいたが」

「おせいちゃんは、茜さんよりも年下の、まだ子供だから、買物なんぞのときは、たいていわたしとかといっしょなんですよ。わたし、茜さんよりも二つ上なので、なにかと頼られて」

　美代もうなずいた。

「そうね。わたしも、おせいでは頼りないから、ついついおくにに茜の面倒を見てもらっています。茜もおくにとは仲睦まじいので、姉妹ではないか、と思われているものね」

「はい」

　おくにはうれしそうに笑った。

文史郎は尋ねた。

「茜を尾け回していた男から、付け文されたことはないのか？」

「ありました。何度も」

「それで、付け文は誰から、どこで茜さんは受け取ったのだ？」

「誰からかはわたしは知りません。どこで受け取ったかは、たいてい生け花の帰りとか、踊りの稽古の帰りに、通りすがりに、子供が駆け寄って、お姉さんにって、手渡して逃げて行くんです」

「子供？　知った子供かい？」

「いえ、まったく知らない子です」

「男の子？」

「男の子のときもあるし、女の子のときもあったと思います。そのときによってばらばら」

「じゃあ、いつも違う子？」

「ええ。きっとお駄賃を貰って、茜さんに届けるのだと思います」

文史郎は腕組をし、おくにを見た。

おくには文史郎に見つめられると、赤い顔になった。初心《うぶ》な子だな、と文史郎は思った。

「今度、それがしを案内してくれぬか？　茜殿が、どこへ買物に行ったときに、男に尾けられたのか、知りたい」

「はい」

「ひょっとして、その若ざむらいや、町方の若衆を見かけるかもしれないのでな」

「はい。分かりました」

おくには下を見てもじもじしている。

「いいかな、盛兵衛」

「ああ、どうぞどうぞ。茜を取り戻すためならば、誰でもいくらでも協力させます。おくにも手伝ってくれ」

「はい。旦那様」

「おせいにも話を訊きたいのだが」

「今日はおせいは風邪気味でしたので、早引きさせましたが、明日なら元気に店に出て来ると思います」

美代がうなずいた。

廊下に大番頭の定吉が戻って来た。後ろに小柄な細身の男が神妙な顔で付いて来た。

「旦那様、和助を連れて来ました」

盛兵衛は文史郎に小男の和助を紹介した。鋭い目付きの番頭だった。

「相談人様、こちらが小番頭の和助です」

和助は文史郎たちの前に静かに座り、挨拶をした。

盛兵衛がせっかちに尋ねた。

「茜が駈け落ちする前、誰か茜を店に訪ねて来たかね」

「はい。確か、若い娘さんが一人、茜様を訪ねて来ました」

「なに、女子が？」

盛兵衛は怪訝な顔をした。

文史郎が和助に尋ねた。

「その娘は、どんな風体の女子だった？」

「そうでございますな。歳は茜様と同じくらいですかな。別嬪《べっぴん》さんで、決して悪そうな人ではない」

「町家の娘かね、それとも」

「着ている物から見て町家の娘だと思います」

「何か特徴は？」

「ちょっと見ただけですので。あ、でも、あとで簪付きの手紙を持って来られた方だと分かりました」

「そうか、その女子のあとを誰が尾けたというのだね」

「それは私です」

　大番頭の定吉が名乗り出た。

「旦那様の命《めい》で、私がその女子に百両を手渡しし、出て行ったあとを尾行したのです」

「浅草のどこで撒《ま》かれたというのかね？」

「雷門《かみなりもん》の雑踏の中で見失いました。大勢の同じような着物を着た娘たちがいて、その人の輪に紛《まぎ》れ込んだと思うと、見失っていたのです」

「ふうむ。で、定吉、その娘に会ったら、顔を見分けられるかね」

「へい。大丈夫です。人混みでは、紛れ込まれて、まんまと逃げられましたが、今度会ったら逃がしません」

　文史郎は和助に向き直った。

「番頭、おぬしは、どうかな？」

「たぶん、覚えていると思います」

「ほかに、その女子を見た人は？」

お内儀の美代も、女中のおくにも静かに頭を振った。

「相談人様、どうか、娘茜を捜し出してください。そして、家へ連れ帰ってくださいませ」

盛兵衛は深々と頭を下げた。

いっしょにお内儀の美代や女中のおくにも、大番頭の定吉、小番頭の和助もお願いします、と声を揃えていった。

文史郎は権兵衛に目をやった。権兵衛は大きくうなずきながらいった。

「では、盛兵衛さん、大船に乗ったつもりでいらしてください。剣客相談人の皆さんは、きっと茜様を見付けて無事連れ戻すと約束しておられますから」

勝手に約束して、と文史郎は左衛門の顔を見た。左衛門は腕組をし、何ごとかを考えていた。

七

「おい、團十郎、腰がだいぶ入って来たな。いいぞ、その格好で歩け」

大門はもっこを担ぐ團十郎の背に声をかけた。土を山のように盛ったもっこは、大のおとな二人で担いでも足がふらつく。

團十郎は、初めてのもっこ担ぎに慣れないせいか、腰が据わらず棒を肩にしたまま、右へ左によろめいて歩く。

「よーし、若いの、だいぶ気合いが入って来たぞ。丹田《たんでん》にぐっと力を入れろ。そうしないと、相方《あいかた》の髯爺《ひげじい》がふらつくぞ」

親方が團十郎に気合いを入れる。

掘割の土手造りが、大門たちの今日の土方仕事だった。

朝早くから冷たい木枯らしが吹く中、腰切り半纏《ばんてん》に股引《ももひき》、腹掛け姿の土方たちが、もっこで土を運んでいた。運んだ土は、水を塞《せ》き止めた空《から》の掘割の土手に積み上げ、法面《のりめん》の基礎を造る。その後、石大工たちが法面につぎつぎに石を積み上げ、石と石の隙間をなくすように工夫しながら石垣を造っていく。

大門は團十郎の細い軀を気遣った。團十郎の肩や腕、脇腹がもっこ担ぎの棒がこすれて、真っ赤になり、全身から湯気が上がっている。

團十郎は筋肉質ではないが、若者にしては、だいぶ軀が出来上がっていた。

なんどももっこ運びをするうちに、團十郎は土方仕事がおもしろくなったらしく、荒っぽい土方たちにどやされながらも、嫌な顔を一つせず、働いている。

「團十郎、もう一本、もっこをやるか」

「……はい」

團十郎はようやく声を出した。

大門はにやっと笑った。

團十郎が初めて口を開いた。話はしないが、それでも、今日の大仕事は成功したようなものだ。

大門と團十郎は空《から》のもっこを担ぎ、土くれを掘り出す作業場へと急いだ。土方たちが、鋤《すき》や鍬《くわ》で土や石を掘り出し、もっこに乗せる。たちまち、もっこはこんもりとした山盛りの土石で一杯になった。

團十郎が棒の前を担ぎ、大門が棒の後ろを担《かつ》ぐ。

「せいの！」

気合いを合わせ、大門は團十郎といっしょにもっこを担いだ。團十郎はすっかりもっこ担ぎに慣れて、足がびくともしない。

「いくぞ」

大門の掛け声で歩き出す。ふたりは「えっほ、えっほ」と声を掛け合い、足を踏み出し、掘割の土手を歩いて行く。

團十郎は、掛け声までも出すようになっている。大門はいい傾向だ、と静かにほくそ笑んだ。

土手の上ですれ違う土方たちが、團十郎を励ます声をかけた。

團十郎は顔を真っ赤にしてもっこを担いでいる。

雲の中で夕陽が落ちたのだろう、あたりはだんだんと暗くなっていく。

「よーし、ここへ降ろせ」

親方が指示をする。

團十郎と大門は、もっこの土を掘割の法面に盛り土した。

團十郎はぜいぜいと肩で息をついていた。大門も深呼吸をして、呼吸を整えた。

「よーし、おたくら、今日はもういい。上がってくれ」

親方が團十郎の裸の背をぴしっと叩いた。

「おい、若いの、よくやった。ご苦労さん」

團十郎は何もいわず、ぺこりと頭を下げた。

「髯爺、今日の日当は小屋で払う。いい若者をよくぞ連れて来てくれたな。余計なことをしゃべらず、黙々ともっこ担ぎをしてくれたな。今日はおかげで作業が捗《はかど》った。

礼をいうぜ」

親方は大満足だった。

「よし、今夜は、居酒屋で、めしだ」

大門は團十郎の肩を叩いた。

「はい」と團十郎はまた返事をした。


大門と團十郎は、帰りに湯屋《ゆうや》に寄り、裸になって熱い湯を被った。

「團十郎、そろそろ、強情を張らずに、話をしろ」

「…………」

團十郎は小さくうなずいた。

「ま、無理に話せとはいわんがな。だが、今日の團十郎は立派だった。誰も嫌がるもっこ担ぎを、土方たちの中で一番、やったからな。お陰で、わしはくたくただ。湯槽に入って、ゆっくりと軀をほぐさないと、明日自由に動けなくなる」

大門は湯槽の湯につかり、腕や脚の筋肉をゆっくりとほぐした。

内心、明日、同じもっこ担ぎはできないな、と思うのだった。

「さあ、あがって、居酒屋へ寄るぞ。うまい酒を飲んで、飯をたくさん食う。いいな」
大門は湯槽からさっと上がった。
團十郎も続いて立ち上がった。
「痛て痛てて」
團十郎は腰を押さえ、声を上げて、笑った。
清々《すがすが》しい笑顔が行灯《あんどん》の明かりに映えていた。
大門は安堵した。
これで、團十郎は何かをふっ切っただろう、と思った。

第二話　茜はいずこに

一

穏やかな冬の陽射しが、街の隅々まで照らしている。

たくさんの呉服屋や太物屋《ふとものや》が軒を並べた日本橋界隈は、武家の奥方や御女中、町家の女たちの買い物客が行き交い、終日賑わっていた。

文史郎は懐手《ふところで》をし、二十間ほど離れて前を行くお美代と女中のおくにの姿を見ながら、ゆっくりと歩を進めた。

おくにを連れた美代は緊張した面持ちで、しきりに擦れ違う男や女に鋭い視線を投げ、覚えのある男はいないか、とおくにに問いかけている。

おくにもあたりの人影に油断のない目を配り、何ごとか美代と言葉を交わしていた。

「殿、現れませんな」

左衛門も懐手をし、文史郎と並んで歩いていた。

見覚えのあるさむらいや若衆を見かけたら、おくにが手を挙げて、いるという合図をする手筈《てはず》になっている。

「これは鮎《あゆ》の友釣りみたいなものだ。釣り手のわれわれが気配を消していないと、獲物は針にかからない」

「さようでございますな」

左衛門はうなずいた。

「いま少し、離れてみよう」

文史郎は歩みの速度を落とし、のんびりと歩く。

美代やおくにとの間がさらに離れ、二人の姿が人混みの中に見え隠れしている。

「殿、大門殿からおききになりましたか？」

「うむ。團十郎が声を出して返事をしたという話だろう？」

「それだけではないらしいですよ。團十郎は、大門殿に酒を飲まされたらしく、かなり酔ったとききました」

「ほう。それで喋《しゃべ》ったのか？」

「いえ。それが團十郎は結構酒が強い。大門がいくら飲ませても團十郎はあいかわらず平然としていたそうです。話の相槌《あいづち》は打つが喋ろうとしない」

「頑固なやつだな」

文史郎は頭を振った。

「そのうち、大門の方が先に酩酊《めいてい》してしまい、その後、どうなったのか記憶にないというんです。気が付いたら、團十郎に担がれて長屋に帰っていたそうです」

「あの酒豪の大門が？　それは珍しい」

文史郎は驚いて左衛門の顔を見た。左衛門は溜め息をついた。

「大門も歳を取ったということですかな」

「それで、二人は今日も土方仕事に行ったのか？」

「いえ、今日は、大門殿が腰が痛いので、土方仕事は休みにしたそうです。それで、團十郎を道場に連れて行くといっていましたな」

「弥生のところへ連れて行って立ち合わせるというのか？」

「おそらく」

「團十郎は、出来る。あの鉞の振るい方から見て、相当の遣《つか》い手と見たが」

「爺《じい》も、そう見てますが、大門は團十郎の腕を見極めたいといっていました」

「さようか」

人混みに見え隠れするおくにの手がさっと挙がった。

「爺、合図だ」

「はい」

文史郎と左衛門は、おくにの視線の先を窺《うかが》った。

火消しの印半纏《しるしばんてん》を羽織った若衆が数人、辻番所の前で屯《たむろ》している。そのうちの一人がおくにをじっと見ていた。

おくにが人混みを抜け出し、若衆たちに走り寄って行く。そのあとを美代が追うように急いだ。

文史郎は、はっと足を止めた。

どこからか、鋭い視線が首筋に注がれているのを感じた。

文史郎は首筋に走るちりちりとした不快な感触に、ゆっくりと背後を振り向いた。

ふっとその気配が消えた。

「殿、どうなされた？」

左衛門が怪訝な顔をした。

後ろの人混みには、文史郎を見ている不審な人影はない。町人や武家、浪人者が混じって歩いている。

「いや、なんでもない」

「殿、おくにが呼んでいますぞ」

左衛門が文史郎の袖を引いた。

気のせいだったか？

文史郎は首筋を撫でながら、あらためておくにたちの方を見た。

おくにと美代が一人の若衆を捕まえて、激しく詰問《きつもん》していた。その若衆はおくにと美代の激しい剣幕に笑いながら尻込みしている。

「どうした？　おくに」

文史郎は左衛門とともに、おくにに袖を摑まれた若衆に歩み寄った。

「この男ですよ。お嬢様のあとを尾けていたのは？」

若衆は参ったな、という顔で頭を掻いていた。

「うちの茜は、どこにいるの？」

美代は若衆を問い詰めている。

「寅吉《とらきち》、いってえ、どういうことでえ」

「おめえ、お嬢さんになんか悪さしたんじゃねえのか？」

若衆の仲間が笑いながら、一人の若衆を冷やかしていた。

寅吉と呼ばれた若衆は顎が角張ってはいるが、目鼻立ちが整っており、そこにいた若衆たちの中では一番若くて男前だった。

「いやあ、参った。参った」

寅吉は照れ笑いをし、頭を掻いていた。文史郎と左衛門が近付くと、ぎょっとして身構えた。仲間の若衆たちも、何ごとかという顔で文史郎と左衛門を睨んだ。左衛門が大声で問いただした。

「おぬしか、茜さんを尾け回していたのは？」

「茜さんだって？」

寅吉は怪訝な顔をした。左衛門が声を荒げた。

「惚《とぼ》けるな。おまえが茜さんを尾け回していたのは、このおくにが気付いていたのだ」

「ちょっと待ってくれよ。茜さんとかいうお嬢さんは知らねえよ。おいらが一目惚れしたのは、この娘さんの方だぜ」

寅吉は、おくにを目で指した。

「なんだって？」

左衛門が面食らった顔で、寅吉とおくにを見比べた。

「ああ、分かった。茜さんというのは、この娘さんといつもいっしょにいた別嬪《べっぴん》さんだね。悪いけど、おいらには高嶺の花だぜ。おいらが見初めたのは、こっちの別嬪さんだぜ」

「いやあ、参ったなあ。こんなことになっちまって」

寅吉はおくにを見、赤い顔をして、にやけながら頭をぼりぼりと掻いた。

「…………」

おくにも真っ赤な顔をして、美代の陰に隠れてしまった。

「まあ、そうだったの。おくに、この方《かた》はあんたがお目当てだったんだってよ」

美代は後ろに隠れたおくにを前に出した。

「あんた、おくにさんっていうんかい。おいら、大工《だいく》の寅吉っていうケチな野郎よ。よろしくな」

「こ、こちらこそ」

おくにには顔を伏せて、軀を硬直させていた。

「ようよう、おふたりさん、妬《や》かせるねえ」

「色男、しっかりしろよ」

仲間たちが口々に寅吉をどやしつける。

　文史郎は笑いながら訊いた。

「寅吉とやら、頼みがあるんだが」

「へえ、なんでしょう？」

「実は、このおくにさんといっしょにいた茜というお嬢さんが突然姿を消したんだ。それで、わしらは、その茜を捜している。おぬしたち、茜について何か心当たりはないか？」

「もしかして、その茜さんは攫われたんかい？」

「攫われたのか、それとも駈け落ちしたのか、よく分からない。それで、こうして、茜を尾け回した男を捜して、事情をきこうとしている」

「そうですかい。それで事情が分かった。あっしはおくにさんを見初《みそ》めたけど、誰か、ほかの人の中には、高嶺の花を見初めた男がいるかもしれないものな」

　寅吉はおくにをいとおしそうに見ている。

　左衛門がいった。

「さっきは失礼したな。早合点して、おぬしを問い詰めてしまった。許せ」

「許せも何もねえですぜ。爺さん、それより茜さんの行方だ。乗りかかった船だ。あっしも喜んでお手伝いしやすぜ」

寅吉はおくにの前もあって、胸を大きく叩いた。

文史郎が寅吉に尋ねた。

「おくにさんの話では、おぬし以外にも、若いさむらいが、二人を尾け回していたそうなのだ。気付かなかったか？」

「わけえさむらいねえ？」

「おくにさんは、そのさむらいの顔をはっきりと覚えているそうだ」

寅吉は若衆仲間と何ごとかを囁き合った。

「おいらは気付かなかったが、ダチの太吉《たきち》が、二人を遠くから、しつこく見ていたさむらいがいたのを覚えていやしたぜ」

「その太吉さんというのは？」

寅吉は仲間の中で一番太った若衆を前に呼んだ。太吉と呼ばれた若衆は、怖《お》ず怖ずと文史郎たちの前に歩み出た。

「あっしでさあ」

「どんな風体のさむらいだった？」

「そうですねえ。ありゃ浪人者ではなかったでやすね。旗本御家人のどら息子か、あるいはどこかの家中のさむらいだったと思いやす」

「どうして気付いたのだ？」

「寅吉がこの御女中に惚れているってんで、あっしも注意して二人を見ていたんでやすが、いつだったか、物陰からじっとお二人を見つめているさむらいがいて、それが一度や二度ではなかったんで、覚えてやした」

「太吉、また、そのさむらいを見たら、分かるかい？」

「もちろんでさあ。あっしはこう見えても、本職は鳶《とび》でやして。鳶職人は高いところに登るんで目が良くないとなんねえ。さむらいの顔はしっかり覚えてやす」

「それをきいて安心した。ちょうどいい。おぬしたち、茜さん捜しを手伝ってくれないか？　礼金ははずむ」

　文史郎は左衛門に顎で合図した。左衛門はすぐに懐に手をやり、財布を取り出した。財布から金子《きんす》一両を出した。

　寅吉たちは、顔を見合わせた。

　文史郎はいった。

「そのさむらいを見かけたら、知らせてくれないか。さらに礼金ははずむぞ」

「分かりやした。どこへ知らせたらいいんで？」

「東八丁堀《ひがしはっちょうぼり》アサリ河岸《がし》の安兵衛店のわしらのところか、そうでなかったら大瀧道場。剣客相談人を呼び出してくれれば、わしらがいる」

文史郎は寅吉と太吉にうなずいた。

美代が真剣な面持ちでいった。

「私からも、お願いです。私の大事な娘の茜を助けてください。茜がどこかに監禁されているかもしれないのです」

「寅吉さん、私もお願い。茜さんを捜し出してください。お願いします」

おくにも、寅吉に頭を下げた。

「ようがす。あっしら、みんなで、茜さん捜しを手伝いやす」

寅吉は太吉といっしょに胸をどんと叩いた。

二

大瀧道場の鎧《よろい》窓《まど》から、稽古する門弟たちの気合いや竹刀《しない》を打ち合う音が漏れてくる。

團十郎の歩く足がぴたりと止まった。

大門は團十郎を振り向いた。

團十郎は浮かぬ顔をしている。行こうか行くまいか迷っている風情だった。

大門は笑いながらいった。

「ここは道場主の大瀧弥生殿が居《お》ってな。若くて美しい娘だ。だが、女だといってなめてはいかん。そんじょそこらの女子とはまったく違う。剣を取ったら、並の男では相手にならぬ。それがしも立ち合うことがあるが、なかなか勝てない」

「…………」

團十郎はちらりと道場を見た。

女の道場主ということに興味を覚えた様子だった。

「弥生殿も、わしら相談人の仲間だ。いまの世、町道場をやるのはたいへんだ。それで、殿やそれがしが手助けしている。今日は、それがしが手伝う日だ」

「…………」

「おぬしも、土方の力仕事だけでは軀がなまるだろう。今日はそれがしに付き合え。見ているだけでいい」

「…………」

團十郎はようやくうなずいた。

大門は先に立って、道場の玄関に入った。振り返ると、團十郎はまだ躊躇《ためら》っていた。

「團十郎、いいから来い」

大門が笑いながら團十郎のところに戻り、背を押して玄関の中に入れた。

團十郎は渋々三和土《たたき》に足を踏み入れた。


大門はさっそくに見所《けんぞ》の前で、稽古着姿の弥生に團十郎を紹介した。

弥生は門弟に稽古をつけたばかりで、顔に玉のような汗を掻いていた。弥生の稽古着は汗ばみ、かすかに若い女特有の匂いを発していた。

長い黒髪をひっつめにして後ろで結び、馬の尾のように背に垂らしている。

弥生は黒い大きな瞳を團十郎に向けた。

團十郎は一瞬、顔を赤らめた。すぐに身を引き締め、腰を斜めに折って一礼した。

だが、團十郎は名乗らなかった。

大門は苦笑いした。

「こいつは、團十郎。ただし、仮りの名だ」

「仮りの名？　どういうこと？」

弥生は團十郎に微笑《ほほえ》んだ。

目が合った團十郎は、すぐに目を伏せた。

大門は團十郎が長屋に迷い込んだいきさつを話した。

「だが、こやつ何かわけあって喋らんのだ。名も名乗らない。だが、名がないと呼び様《よう》がないので、殿が團十郎と名付けた」

「そうですか。確かに歌舞伎役者の團十郎のように男前だわね」

弥生は流し目で團十郎を見た。

團十郎はまた身を硬くして下を見た。

「剣の腕は？」

「…………」

團十郎は出来ないと頭を振りながら、少し後退《あとじさ》った。

「そんなことないでしょう。その太い腕を見れば、かなりの腕前なのが分かる」

弥生は笑いながら、團十郎に手を伸ばした。

「團十郎さん、両手を見せて」

團十郎はさらに後退り、手を背後に隠した。

大門は笑った。

「團十郎、何を恐れているのだ？　手ぐらい、見せんか。減るものじゃなし」

「大門様、無理強いはいけません。見せたくないなら見せなくてもいいです」

「どうして、手を見せろと？」

「怪我をなさっていると思って」

「怪我？」

大門は團十郎を振り向いた。團十郎は頭を左右に振った。

「それがしが見るならいいだろう？　見せろ」

團十郎は渋々両手を出し、大門に掌《てのひら》を見せた。

両の掌に肉刺《まめ》の痕が出来ていた。肉刺が潰《つぶ》れ、皮がめくれた痕《あと》だった。

「ああ、これは初めてもっこを担いでできた傷だ。すぐに治る」

「はい。……」團十郎もうなずいた。

「あら」弥生が驚いた。

「返事はするのだが、それだけで、それ以上は話さない」

大門が解説した。弥生は團十郎の顔を覗き込んだ。

「話したくないのね」

「はい。……」

「それならそれでいい。無理に話さなくてもいい。では、しばらく稽古を見ていなさい」

弥生は竹刀の先で、正座している門弟たちの一人を差した。

「近藤《こんどう》、お相手します」

「はいッ、先生」

近藤は急いで面を被《かぶ》り、面の紐を固く縛って立ち上がった。

大門は襷掛《たすきが》けになり、稽古の支度をした。

大門も、壁際に並んで座っている門弟たちをじろりと見回した。

「それがしと稽古をしたい者、前に出よ」

すると十数人が一斉に立ち上がり、大門の前に殺到した。

「分かった分かった。一列に並べ。相手をしてやる」

大門は笑いながら、門弟たちを並ばせた。

「團十郎、そこに座って見ておれ」

大門は竹刀で壁際の床板を指した。

團十郎はおとなしく指された場所に正座して、大門と一列に並んだ門弟たちを見つめた。

「打ち込み、始め！」

大門の号令が飛んだ。一列に並んだ門弟たちが一人ずつ、気合いもろとも、勢いよく竹刀を振り下ろして、大門に打ち込んでいく。

「思い切り打ち込め。仕合だと思って、本気で打ち込め」

大門は竹刀で受け流したり打ち払ったりしながら、ときに門弟の胴を抜いたり、面を叩いた。

「気合いが足りんぞ。腰を入れろ」

大門は打ち込んでいく門弟一人ひとりに怒鳴る。門弟たちは大門に走り込みながら、力いっぱい竹刀を打ち付けた。

竹刀と竹刀が当たる音、床を踏み込む音、門弟の発する気合いが道場の中に響きわたった。

團十郎はしばらく大門の稽古を見ていたが、やがて近藤と稽古仕合をしている弥生の動きに目を凝らしていた。

「やめ」

大門の声が響いた。入れ替わり立ち替わり、大門に打ち込んでいた門弟たちの動きが止まった。

「小休止だ」

大門はやや汗ばんだ顔をしていた。團十郎を振り向いた。

「團十郎、おぬし、弥生殿の方ばかり見とったな」

「……いえ」

「嘘をつかんでもいい。そのくらい見なくても分かっている。團十郎、おぬしもやってみないか」

大門は手に持っていた竹刀の先を、團十郎に突き付けた。

「いや、拙者は……」

團十郎は頭を左右に振った。

「できないと申すのか。そんなことはあるまい」

大門は團十郎に近寄り、手にした竹刀の柄《つか》を團十郎の前に差し出した。

「門弟たちの相手をしてやってくれ。それがしは疲れた。頼む」

團十郎はじろりと大門を見上げた。それから、徐《おもむろ》に竹刀を受け取り、立ち上がった。

「みんな、團十郎は、それがしの代わりに打ち込み稽古の相手をする。遠慮なく打ち込め」

團十郎は仕方なさそうに立ち上がり、門弟たちの列の前に立った。右手に持った竹刀をだらりと下げた。

「よし。かかれ！」

大門の号令一下、先頭にいた大柄な門弟が、床をどどどと踏み鳴らしながら、大上段から竹刀を團十郎に打ち下ろした。

きええええい！

團十郎は打ち込まれた竹刀を瞬時に右手の竹刀で受け流したが、門弟の竹刀の勢いは止まらず、團十郎の左肩をしたたかに打った。

大門は顔をしかめた。だが、團十郎の軀は揺るがず、仁王立ちしている。

「次！」團十郎の声がした。

「ドオーッ」

次に飛び込んだ門弟の竹刀は、團十郎の胴を狙って打ち込まれた。團十郎は微動だにせず、竹刀は團十郎の胴を綺麗に抜いた。

團十郎は胴に入った竹刀に「うっ」と唸ったが、すぐに立ち直った。

「次！」團十郎の声がまた響いた。

次に走り込んだ小柄な門弟は「メーン」と叫びながら、團十郎の面に竹刀を振り下ろした。

團十郎は竹刀で受けようともしない。竹刀は團十郎の顔に入った。竹刀特有の鞭打《むち》つような打撃音が高らかに響いた。

大門は思わず目を瞑った。

團十郎の顔が切れ、血潮が噴き出した。

大門は大声で叫んだ。

「待て！」

次に打ち込もうとしていた門弟がほっとした顔で竹刀を下ろした。

「團十郎、その体《てい》たらくはなんだ？　ただ打たれっぱなしじゃないか。なぜ、受け流したり、避けたりせぬのだ？」

大門は手拭いを手に團十郎に駆け寄った。

「…………」

團十郎は額が切れて血が噴き出ているというのに、静かに笑みを浮かべていた。

「みんな、稽古やめ」

弥生の声が凛《りん》と響いた。

「團十郎、おぬし、避けようともせず、わざと打たれておったな」

「…………」

團十郎は答えず、皮膚が切れて血が出ている傷口に手拭いを押しつけて止血している。

弥生は近藤との稽古を中断して飛んで来た。

「大門どの、これはいったい……」

團十郎は血を流しているのに、それを楽しんでいるかのようだった。

大門は吐き捨てた。

「團十郎のやつ、わざと避けようともせず、打たれるままでいた」

「どうして、そのようなことを」

弥生は眉根を寄せた。

「きっと團十郎は、己自身に罰を与えておるのでござろう」

「…………」

弥生は顔を背けた團十郎をまじまじと見つめた。

團十郎は密かに涙を流していた。

門弟たちは團十郎の様子に呆気に取られ、騒《ざわ》めいていた。

三

「茜様は、駈け落ちなんかしていません」

おせいは文史郎と左衛門に背を向けたままいった。おせいの背には綿入れに包まれた赤子が背負《せお》われていた。赤子はすやすやと眠っている。

文史郎は長屋の路地の奥を見た。

安兵衛店よりも古普請の長屋が軒を連ねている。雪に薄く覆われた小路で裸足《はだし》の子供たちが押しくら饅頭《まんじゆう》をしていた。

おせいも裸足で駒下駄《こまげた》を履いていた。足に赤い皹割《ひび》れができている。

路地の隅に生《は》えたさざんかも薄く雪を被り、二つ三つの赤い花を咲かせていた。

どこからか、おかみさんの子供を叱る声がきこえる。

「茜は本所に買物に行くといって、一人で出掛けたそうだ。いつもなら、おぬしを連れて行くのだろう？　本所のどこへ行ったか心当たりはあるかね？」

「本所だとしたら、きっと踊りのお師匠さんのお宅だと思います」

「踊りの師匠？　なんという人だね？」

「小春《こはる》さんです」

「どういう人だ？」

「元深川《ふかがわ》の芸妓《げいぎ》さんで、いまは引退なさって、踊りを教えてらっしゃる」

文史郎は左衛門を振り向いた。左衛門が優しく尋ねた。

「茜さんは駈け落ちなんかしていない、といったね。どうして、そう思うのかな？」

「どうしてって……」

おせいは振り向き、こんこんと咳《せき》をした。

手拭いで口や鼻を覆っていた。熱で赤い顔をしている。しきりに鼻水を啜り上げた。

「茜様は、駈け落ちするような方ではありません。何かわけがあって身を隠したんじゃないかと思います」

「身を隠した？」

左衛門は文史郎を振り向いた。今度は文史郎が口を開いた。

「茜は誰かに攫われたのではないのかな？」

「…………」

おせいの目が怒っていた。

「茜の簪を付けた手紙を持ってきた女子がいる。手紙には百両を女子に渡すように書いてあった」

「茜様は旦那様と違って人助けをなさる方です。その百両も、きっと誰かの人助けだと思います」

「手紙には、なお五百両を用意しておいて、とあったそうだ。そんな大金を何に使おうというのかな？」

「さあ。おせいには分かりません」

おせいは手拭いで鼻を押さえ、ぐすりと鼻水を吸り上げた。おせいの背中の赤子がぐずり出した。

おせいは赤子の尻に手をやり、軀を揺すってあやしはじめた。赤子はぐずぐずいっていたが、また眠りに襲われ、うとうとしはじめている。

左衛門が静かに問うた。

「おかみの美代、盛兵衛も茜さんのことを心配している。おせい、何か知っていることがあったら、教えてくれぬか」

「…………」

「茜の手紙を持ってきた女子は、存じておるのか？」

「いえ、知りません」

おせいは頭を振った。

「茜は、踊りの師匠の小春さんのところ以外に、どんなところに出掛けていた？」

「…………」

「浅草にはよく出掛けたのではないか？」

「ええ。浅草にはお友達がいらっしゃいました」

「男かな？」

「いえ。踊りで知合った女の方です」

「名前は？」

「お妙《たえ》様」

「どこに住んでおられる？」

「……お住まいは知りませんが、お店なら」

「なんの店かな？」

「お茶屋さんです。仲見世《なかみせ》にある老舗《しにせ》の水茶屋で、小梅やです。その小梅やの娘さんです」

おせいはぐすりと啜り上げた。

文史郎はおせいにいった。

「ありがとう。おかげで助かった。ところで、熱があるのではないか？」

「…………」

　おせいは顔を伏せた。

　文史郎は左衛門に目で合図した。左衛門は察して懐から財布を出し、何枚かの金子《きんす》を取り出した。文史郎はその金子をおせいの手に押しつけた。皺がいっぱいついた、かさかさの手だった。

「これで精がつくものをたくさん食べるがいい。薬なんぞを飲むよりも、よほど元気になるぞ」

「こ、こんなにいただいては……」

　おせいは文史郎の手を押し返そうとした。

「風邪で働けないのだろう？　早く風邪を治すことだ」

「ありがとうございます。おっかさんも、これで助かります」

　おせいは頭をぺこぺこと下げた。赤子が驚いて目を覚まし、泣き出した。

「おうおう、ごめんごめん。泣いておせいを困らせるな」

　文史郎はおせいの背の赤子を撫でた。

　左衛門もおせいが早く元気になるように励ました。

文史郎と左衛門は冷えてきた路地を戻りはじめた。振り向くと、おせいがまた頭を下げた。また赤子が泣き出す。

「早く行きましょう」

左衛門は笑いながら、文史郎を通りに促した。

四

座敷の火鉢に掛けられた鉄瓶が湯気を立てている。かすかに鉄瓶が鉄の音を立てていた。四隅に置かれた蠟燭《ろうそく》の炎が部屋の中を照らしている。

「いったい、何があったのかしらねえ」

弥生は座敷の隅に正座した團十郎を見て、溜め息をついた。

團十郎は黙したまま、目の前の料理にも手をつけず、じっと俯いていた。

文史郎は鰯《いわし》の煮付けに箸を伸ばし、骨から肉を剝がして口に運んだ。

「しばらく放っておこう」

人間、生きていく間には、必ず悲しみにぶつかることがある。その悲しみを乗り越えてこそ、人はおとなになっていく。

たとえ、どんなに絶望をしても、どん底に突き落とされても、越えられない苦悩はない。死のうなどとは思うな。人間は生きてこそ意味がある。生きて誰かの役に立てれば、それが生きがいになる。生きがいは向こうからやっては来ない。こちらから求めて、初めて生きがいを見付けることができる。悩むときは徹底的に悩むがいい。悩みが人を造り、人を大きくする。悩まぬ人間は、こころが成長しない。いつまでもおとなになれない。

文史郎は團十郎を見守った。

團十郎の前には箱膳が置いてあった。白米のご飯も魚の煮付けや漬物にも手を付けていない。

大門は出された料理を綺麗に平らげ、腕組をしていた。

左衛門も芋《いも》の煮っころがしを口に運び、じろりと團十郎に目をやった。

弥生は心配顔でご飯を食べている。

大門が堪《たま》りかねて、團十郎にいった。

「せっかく弥生さんとお清《きよ》が作ってくれた手料理だぞ。團十郎、食わぬなら食わぬといえ。残すなら、拙者が……」

團十郎はようやく目を開け、静かに箸を手に取った。それから、徐《おもむろ》に漬物に箸を伸ばし、ゆっくりと食べはじめた。

「……うむ。それでいい。若者は、そうこなくてはな。くよくよ考える前に、よく食べれば、また気分も変わるというものだからな」

大門は満足気にうなずいた。

廊下にばたばたと足音がし、襖ががらりと開いた。お清が顔を出した。盆に急須や湯呑み茶碗を載せていた。

「あらあら、まだ食事、終わってなかったんけ？　片付けに来たってのに」

お清は畳に座り、襖を閉めた。

「いま、お茶出すかんね」

火鉢に膝行し、布巾《ふきん》で鉄瓶の弦《つる》を摑んで持ち上げた。沸騰した湯を並べた湯呑み茶碗に注いだ。

夜啼き蕎麦のチャルメラがどこからかきこえてきた。イヌの吠える声もする。

「馳走であった」

文史郎は食べ終わり、一礼した。大門も左衛門も、あいついで食事を終えて「お清さん、ご馳走さま」と告げた。

「はいはい。そのままにしておいてくださいね。おらが片付けっから」

お清は湯呑み茶碗に注いだ湯を急須に移し、また湯呑み茶碗に戻していく。

弥生も食べ終わり、「ご馳走さま」といった。

團十郎ひとりが黙々と食べている。

それでいい、と文史郎は思った。何ごとも腹が満たされれば、考えごとが変わる。元気な軀が傷ついた心を癒すことがある。

文史郎は香り立つ茶を啜りながらいった。

「大門、明日からは引き受けた依頼の仕事をやってもらう」

「はい。しかし、こやつを放っておいては……」

大門は團十郎に目を向けた。

「團十郎にも、相談人見習いとして、仕事をしてもらう」

「團十郎にもですか？」

左衛門が訝《いぶか》った。

團十郎の箸がふっと止まった。團十郎は俯いたまま、聞き耳を立てている。

「何かあったときに、こやつにできますかね」

「分からぬ。そのときはそのときだ。それよりも、團十郎を長屋に引き籠もったままにしておくと心配ではないか？」

「それはそうですが」と大門は茶を啜る。

弥生もうなずいた。

「私も、いや、それがしも、團十郎を見習いとして、引き回した方がいいかと思います。長屋に燻《くすぶ》らせるよりも、外の空気を吸わせ、軀を使わせる方がはるかにいい。きっと悩みも、そのうち霧散するかと」

「しかし、殿、團十郎に、いったい何をさせようというのです？」

大門が疑問を呈した。文史郎は笑いながらいった。

「しなくてもいい。我らといっしょに團十郎に見てもらえばいい。世の中には、いろいろな人生があるのだ、ということを見せる。そうすれば己の悩みなんぞ、さほど大したものではないと悟るだろう」

「悟りますかのう？」左衛門が團十郎を見ながら首を傾げた。

「悟ると信じている。あとは本人次第だ。悟らねば、それまで。我々も見放す。本人自身が己を変えようと自覚しない限り、他人がいくらいっても無駄なことだからな」

文史郎は鷹揚《おうよう》に笑った。

きっと團十郎は話をききながら考えるはずだ。

團十郎は黙々とご飯を口に運んでいた。

文史郎は茶を飲みながらいった。

「明日は、手分けして、人にあたろう。茜が消息を断つ前までの足取りを捜す。それがしと弥生は本所の踊りの師匠にあたる。大門と爺は番頭の和助を連れ、浅草に乗り込んでくれ」

「分かりました。老舗の水茶屋『小梅や』を訪ねて女友達のお妙にあたるのでござるな」

左衛門がうなずいた。

「それもあるが、和助は、茜の簪を持って店に訪れた女子を覚えている。百両を渡した相手だ。その百両がほんとうに茜の手に渡っているのなら、その女子は茜のいる場所を知っていることになる。なんとしても、その女子を特定してほしい」

「殿、分かりました。で、團十郎は、わしらが……」

「いや。明日は拙者と弥生が團十郎を連れ歩く。團十郎は、拙者に任せてくれ」

「分かりました」

左衛門は大門と顔を見合わせながら頷いた。

「ご馳走さまでした」

團十郎が小さな声でいい、箱膳に箸を置き、合掌した。

團十郎の箱膳は、料理もご飯も綺麗に平らげられていた。

「はいはい。御粗末さま」

お清はうれしそうに笑った。

團十郎は頭を下げ、目を閉じていた。

文史郎は弥生と顔を見合わせて笑った。

食欲があるということは、いい傾向ではないか。

五

翌日も空には低く雪雲が垂れ込めていた。

だが、雪は降らず、木枯らしも吹いていないので、存外に暖かった。

文史郎は弥生とおくに、團十郎を従え、両国橋を渡って本所に足を運んだ。あとから團十郎が静かに付いて来る。

弥生は、いつもの侍姿で、洗い髪を後ろでまとめて髷《まげ》のように縛り、残りの髪を背に垂らしている。腰に脇差しを差していた。

團十郎は、文史郎たちが大小の刀を取り上げたので丸腰だった。小袖に黒い羽織を着込み、一見町奉行所の同心のようであった。

回向院《えこういん》前の通りは参拝する人々で賑わっていた。回向院を過ぎ、通りから一歩裏の路地に入ったところで、おくには足を止めた。

おくには黒い板塀に囲まれた仕舞屋《しもたや》の玄関を指していった。

「お嬢様が通《かよ》っていたのは、こちらのお宅です」

三味線《しゃみせん》の音が仕舞屋からきこえてくる。

玄関に木製の看板が掛かっていた。

花柳《はなやぎ》流名取《りゅうなとり》花柳小春。

「御免くださいませ」

おくにが玄関の格子戸を開けて声をかけた。

三味線の音は廊下の奥からきこえる。踊りの稽古の最中と見られた。

「御免」文史郎も訪《おとな》いを告げた。

奥から女の声の返事があり、式台に若い女中が現れた。女中は文史郎や侍姿の弥生に驚いた。おくには、女中に師匠の小春様は御在宅でしょうかと尋ねた。

女中は少々お待ちくださいませ、といい奥へ退いた。すぐに三味線の音がやみ、話し声がきこえた。

やがて廊下をそそくさと歩む足音が立ち、艶《あで》やかな風情の女将《おかみ》が女中を従えて現れた。

「花柳小春でございます」

そう名乗った女将は式台にきちんと正座し、文史郎に頭を下げて挨拶をした。さすがかつて芸妓をしていただけあって、歳は取っていたものの、女将の物腰は柔らかく、どこか色気を感じさせる。

文史郎と弥生は名乗り、手短に茜が失踪した事情を話した。

「相談人様ですか。これはこれは、ご苦労様にございます。噂には相談人様たちのことをおききしていましたが、実際にお目にかかれるとは……」

女将の小春は艶《つや》のある仕草でお辞儀をした。

「それで、どのような御用で？」

「突然にお伺いしたのは、その茜について何か御存知ないかをお尋ねするためでござった」

「茜さんが失踪された？」

「父親の盛兵衛は、茜さんが誰かと駈け落ちしたのでは、と危惧なさっておられるのです。何か、心当たりはござろうか？」

小春は思案げな顔をした。

「さあ。気付きませんでしたね」

「茜は出奔した日、本所に出掛けるといって一人で家を出たそうなのです。その日、こちらに参ったのでしょうか？」

「このところ、茜さんは習いに御出《おい》でにならないので、ご病気かしら、と心配していたのです。そうでしたか、茜さんは家出したのですか」

弥生が文史郎に代わって尋ねた。

「お師匠さま、このところ、茜さんに何か変わったことはありませんでしたか？」

「そういえば、茜さんは踊っていても、ときどき心ここにあらずといった風情でぼんやりしていましたね。もしかして……」

女将の小春は手を口元にあてて笑った。

「もしかして、なんでしょう？」

「恋煩《こいわずら》いではないか、とからかったことがあったものですから」

「想い人が出来た？」

「そうではないか、と思いました」

「心当たりはありますか？　その想い人について」

女将は脇に座った女中を見た。

「お里《さと》、あんたは、茜さんから何かきいていなかったかい？」

「……何か文をやりとりなさる相手がいるというお話をなさっていましたが」

文史郎が尋ねた。

「相手は誰かな？」

「さあ。それは分かりません。でも、おさむらい様のようにおっしゃっておられました」

「さむらい？」

文史郎は弥生と顔を見合わせた。

お里はうなずいた。

「はい。でも、おさむらい様の家柄はとてもいいのだけども、生活はお困りのようで、仕事もお忙しく、なかなかお目にかかれない、と不満を漏らしていました」

「あら、そうだったの？　そんなことは、私は少しも知らなかった」

小春は眉根をひそめた。

文史郎が訊いた。

「茜さんは、そのさむらいはなんの仕事をしているといっていたのか？」

「さあ。それは何も知りません」

「どこで知り合ったといっていたか？」

「たしか上野《うえの》とかでお会いしたといっていたように思います」

弥生が訊いた。

「文のやりとり、というのは、もしかして、歌のやりとりではなくって？」

「歌ですか？」

女中は考え込んだ。文史郎がいった。

「百人一首の和歌とか」

「そういえば、茜様は踊り仲間と、しばしば百人一首の和歌について、あれがいい、これが好きといったお話をしていましたね」

「その踊り仲間というのは、誰のこと？」

弥生が問うように訊いた。お里は考えながらいった。

「早苗《さなえ》さんとかお妙さんです」

「早苗さんは、どちらにおられる？」

「深川です」

深川なら本所から近い。

「何をなさっているお人だ？」

　女将の小春がお里に代わっていった。

「早苗はおしゃくです」

「おしゃく？」弥生が怪訝な顔をした。

「芸妓見習いですよ」

　文史郎は女将に尋ねた。

「どちらに行けば早苗に会えますか？」

「深川の置き屋『あけぼの屋』に行けば会えます。小春からきいたといえば置き屋の女将もきっと安心して早苗を呼んでくれると思います」

　文史郎はうなずいた。

「では、もう一人のお妙は、どちらに？」

「ええと。お妙は確か浅草の仲見世にある水茶屋の娘です」

「もしかして、老舗の水茶屋『小梅や』の娘ですか？」

「そうです。よく御存知で」

「聞き込みをしているうちに、お妙さんの名前があがったもので」

　文史郎はうなずいた。

女将は笑いながらいった。

「茜さんは早苗やお妙と気が合って、よく三人でお芝居や買物に連れ立って出掛けるという話をききましたね」

文史郎は女将の小春に頭を下げた。

「お話をいろいろおきかせいただきありがとうございました。助かりました」

「相談人様たちなら、いつでも、どうぞ御出でください」

小春は陶然とした笑顔で答えた。

六

文史郎たちは、さっそく本所から歩いて、深川に向かった。深川は歩いて小半刻もかからない。

師匠の小春の家を出、真直ぐに進むと小名木川《おなぎがわ》に至る。川にかかった高橋《たかばし》を渡れば、深川である。弥勒寺《みろくじ》の脇を抜けてなおも進めば、小春がいっていた路地があり、その路地の奥に置き屋「あけぼの屋」が見えた。

この界隈は見覚えがあった。

文史郎は男勝りの辰巳《たつみ》芸者米助《よねすけ》を思い出した。

米助はいまも元気にお座敷に出ているのだろうか？　気風《きっぷ》のいい芸者だった。

「文史郎様、米助さんを思い出していません？」

弥生が歩きながら、文史郎に声をかけた。

「うむ。ちょうど、いま米助のことを考えていたところだ。よく分かったな」

「やはり。それがしもです」

弥生は男言葉でいった。

女子の勘は鋭い、と文史郎は思った。

「置き屋で尋ねてみましょう」

「米助の置き屋は『あけぼの屋』ではなかったと思うが」

「でも、消息ぐらいはきけるでしょう」

「そうだな」

文史郎はうなずいた。米助が元気であれば、それでいい。

「こちらですね」

おくにが二階建ての家屋を指差した。玄関に古い木の看板に「あけぼの屋」の文字がかすれて見える。

格子戸ががらりと開き、駒下駄を履いた芸妓が二人、玄関から現れた。

「行って参ります」

「女将さん、行って参ります」

芸妓たちは華やいだ声をたてた。あとから若い者が出て、そっと格子戸を閉めた。

芸妓たちと若い者はすれ違うと、文史郎と弥生に頭を下げた。

おくにが格子戸を引き開け、「御免ください」と声をかけた。

出て来た年寄りの下男に、文史郎が相談人であることを名乗り、女将に面談したいと告げた。下男は奥に引っ込み、代わって大年増《おおどしま》の女将が現れた。

文史郎が踊りの師匠の小春の紹介だというと、すぐに客間に通された。

文史郎と弥生が並んで座り、二人の後ろにおくにと團十郎が正座した。

客間といっても、玄関から入って直ぐの八畳ほどの控えの間だった。そこで待つ間にも、座敷に呼ばれた芸妓や芸者がぞろぞろと出て行く姿が見える。

女将は芸妓の一人一人に声をかけ、火打ち石を打って送り出していた。

芸妓たちが出払うと、女将はほっと安堵の表情になり、文史郎たちが待つ客間に戻って来た。

「女将、忙しいときに済まぬな」

「いいですよ。こうして、送り出せば、しばらくは暇なんですからね」

女将は火鉢の前に座り、あらためて文史郎たちに挨拶した。

「女将の竹尾《たけお》にございます」

文史郎は米助のことを尋ねた。女将の竹尾は笑いながらいった。

「そうですか。米助さんのお馴染《なじ》みさんでございますか」

「いや。馴染みといわれるほどではないが、以前、いろいろ世話になった」

弥生がちらりと文史郎を睨んだ。

「いまも米助は元気だろうな」

「はい。米助さんは、お元気に座敷を務めていらっしゃいますよ」

「置き屋はこちらではない？」

「置き屋は、この先にある増田《ますだ》やさんです。若い者に米助さんを呼んで来させましょうか？」

「いや。今日はいい。それよりも、本日お訪ねしたのは、おききしたいことがあってのこと」

文史郎は茜が突然に消えた事情を話し、その行方を追っていることを告げた。

「そうでしたか。茜さんは、うちのおしゃくの早苗と親しかったというのですか。では、すぐに呼びましょう。いまお稽古事をしているはずですから」

女将は大声で女中を呼んだ。早苗を連れて来てといった。

「茜さんは盛兵衛さんの娘さんですか。それは盛兵衛さんもご心配でしょうね」

「女将は盛兵衛を存じておるのか」

女将は笑った。

「盛兵衛さんは、うちのお得意様でしてね。そうそう。米助さんも御贔屓《ごひいき》になさってますよ」

「さようか」

「深川に遊びに御出でになられたら、必ず、うちか増田やの芸妓、芸者をお呼びになられるのですよ。少々、お遊びが過ぎることもございますが、深川の上得意様です」

女将の竹尾は目を細めて笑った。

廊下に丸いぽっちゃりした顔の娘が現れ、座敷の前に静かに座った。

「女将さん、何か御用でしょうか？」

「早苗、お客様たちにご挨拶なさい」

早苗は文史郎、弥生、おくに、團十郎と目をやり、三つ指をついて丁寧に頭を下げた。

「いらっしゃいませ。早苗と申します。どうぞ、よろしうお願いいたします」

早苗は笑窪《えくぼ》を浮かべ、ぎごちなく顔をほころばせた。

「こちらの方々は、剣客相談人様ですよ」

「え？　剣客相談人の皆様ですかあ。まあ」

早苗の笑顔が花開いた。女将の竹尾が睨んでいるのを見て、すぐに笑顔を引っ込めた。

「まだ子供なんだから。もっとおしとやかにしないといけませんよ」

女将は小言をいった。

「さ、ご挨拶したら、中に入って」

「はい。女将さん」

早苗は立ち上がり、文史郎たちの前に正座した。

文史郎は名乗り、弥生たちを紹介した。團十郎を紹介する段になると、早苗は顔を上気させて俯いた。團十郎は、素知らぬ顔をしている。

文史郎は弥生と顔を見合わせた。

女将が文史郎を促した。

「相談人様、どうぞ、早苗におききください」

文史郎は早苗に優しく訊いた。

「さっそくだが、茜が家出をしたのを存じておるかな」

「え、茜さんが家出を？」

早苗は驚き、姿勢を起こした。信じられないという面持ちで目をしばたたいた。

「家出というか、ともあれ、四日前に本所の踊りの師匠のところに行くといって家を出てから、家に帰って来ないのだ」

「まあ……」

早苗は言葉を失った様子だった。

「やはり、知らなかったか」

「でも、どうして……」

「それで、父親の盛兵衛が、我々に茜を捜すよう依頼して参ったのだ」

「…………」

「早苗、何か、茜が家出するような、心当たりはあるか？」

「…………」

早苗は考え込んだ。

「家出してから、親御さんの許《もと》に、茜からの手紙が届いた。茜の簪が付いた手紙で、その手紙を持って行った娘に百両を渡してとあった」

「百両。そんな大金を」

女将の竹尾が驚きの声を上げた。

「そうなのだ。それで盛兵衛は茜が誰かに拐《かどわ》かされたのではないか、あるいは、悪い男に引っ掛かり、駈け落ちでもしたのではないか、と」

「駈け落ち……」早苗の目が宙を泳いだ。

「手紙には、近いうちにあと五百両必要になるので、用意しておいて、とあった」

「五百両も。それは茜さんを人質《ひとじち》に取っての脅迫ではないですか？」

女将が口を挟んだ。

「だがな、盛兵衛によれば、茜の命と引き換えの人質料にしては五百両は安い、安すぎるというのだ。千両二千両を要求されても、茜を救うためなら、盛兵衛は金を出す用意はあるというのだ」

「まあ、盛兵衛様なら、そのくらいのお金は、いつでも出せるでしょうね」

女将はうなずいた。早苗は黙ったまま、虚《うつ》ろな目をしていた。

「それがしも、そう思う。誘拐犯なら、はじめ百両、あとで五百両となぜ分けるようなことをするのか、となし

「確かに変ですね」

「理由は分からないが、とりあえず百両が必要で、あとで五百両が必要になるかもしれない、というのは、犯人ではなく、茜の意思が入っているのではないか、と思うのだ」

「茜さんの意思が入っているというと、どういうことですか？」

「茜が誰かにせびられてお金を盛兵衛に要求したのではなく、何かのために、茜が使おうとして盛兵衛に金を出してくれるよう要請したのではないか、と思うのだ」

「ということは、茜さんがいっしょにいる誰かが何かに困っていて、茜さんは、それを助けようとしているとお考えなのですか？　ふうむ。そうですかねえ」

女将は首を傾げた。

「ともあれ、茜を捜し出せば、すべては分かる。どうだ、早苗、茜が家出したのは、誰か好きな男がいるからか？」

「…………」

早苗は困った顔をした。

「早苗、正直に、相談人様にお答えなさい。何をいっても、怒らないから」

女将が脇から早苗に話すよう促した。

「茜さんには好きな人がいたみたいです。憧れの人で、その人といつかいっしょになりたい、と洩らしていましたから」

「そうか。その男というのは、誰か知っているか？」

「いえ、三人で好きな人のことを話すことはあっても、相手が誰かということまでは、互いにいわなかった」

「三人でというのは？」

「茜さん、お妙姉さん、それにわたしです」

「お妙さんとは、浅草の小梅やの娘かね」

「はい」

弥生が尋ねた。

「お妙さんを姉さんと呼ぶのは、お妙が一番年上だからね」

「はい。お妙さんが一番年上で、ついで茜さん、ばっちっ子がわたしです」

早苗ははにかんだように笑ったが、すぐに真顔に戻った。

「茜が好きな男というのは、町家の男か、それとも武家の男か？」

「たしか、武家のお方だときいたことがあります」

「武家か」

文史郎は弥生と顔を見合わせた。

「旗本御家人か？　どこかの家中の者か？　それとも素浪人か？」

「……分かりません」

早苗は下を向いた。

「茜は、その男とどこで知り合ったのだろうか？」

「築地《つきじ》で、といっていたように思います」

「築地の何であろうな？」

「蘭学院《らんがくいん》とかいっていました。それ以上は知りません」

「ほう。蘭学を学んでいる男か」

文史郎は弥生と顔を見合わせた。そのとき、後ろで團十郎の動く気配がした。團十郎は真剣な面持ちで身を乗り出して早苗の話をきいていた。だが、一瞬、文史郎と目が合うと慌てて下を向き、知らぬ顔をした。

「こんな歌を記した懐紙が、茜の手許に残っていた。これには心当たりがあるかな」

弥生が懐から、百人一首の和歌を書いた懐紙を出し、早苗の前に置いた。

早苗は文を取り上げ、書かれている和歌に目を通した。ふっと笑った。

「見覚えがあるか？」

「はい。これは三人で歌留多《かるた》遊びをしていたときに、それぞれが好きな和歌を書いたものです。ほかになんの意味もありません。返歌に使ったかどうかは分かりませんけど」

「なんだ、そうだったのか」

文史郎は苦笑いし、頭を振った。

女将の竹尾も口に手をあてて笑った。

「早苗のようなおしゃくは、先生に来ていただいて、和歌や俳句を学ばせ、男はんにも負けない教養を身につけるのですよ。百人一首は、芸妓芸者はみなよく存じています」

「さようか。拙者はあまり和歌を嗜《たしな》んでおらんので恥ずかしい」

「でも、最近の男はんは、漢籍はもちろん、蘭学を身につけていらっしゃるではないですか。女子の習いものとしては、やはり生け花やお茶、舞踊を身につけなければいけませんものね」

女将は早苗に向いた。

「ね、早苗、あんたも一生懸命勉強しているものね」

「はい」

早苗はこっくりとうなずいた。

弥生が笑みを浮かべながら早苗に尋ねた。

「歌留多遊びをしていて、好きな和歌を交換しあったといっていたわね。どんな歌を選んで、誰と交換したの？」

「それは……」

早苗の目が点になった。言葉に詰まった。

「ここに書かれてある和歌は、みんな女の歌人が詠んだ歌ばかり。それも、好きな男との逢瀬《おうせ》に恋い焦がれるものばかりでしょう」

弥生は百人一首を諳《そら》んじた。

「なげきつつ　ひとりぬる夜の　あくるまは　いかに久しきものかとはしる。これは右大将道綱《うだいしょうみちつな》の母の歌でしょ？」

「…………」

「あらざらむ　この世のほかの　思い出に　いまひとたびのあふこともがな。これは和泉式部《いずみしきぶ》の歌ね」

文史郎は驚いて弥生を見た。

「この歌を誰と交換するの？」

「……好きな男の人に、それとなく渡して、返歌をいただくのです」

「たとえば？」

「いまはただ思ひ絶えなむとばかりを人づてならで言ふよしもがな」

「左京大夫《さきょうのだいぶ》道雅《みちまさ》の歌ね。あなたに直接思いを告げたい、という」

「ほう。優雅な遊びだのう」

文史郎は頭を振った。

女将が顔をしかめた。

「まあ、早苗たちは、そんな遊びを、隠れて男の人と交わしていたのね」

「いずれの紙にも、椿の絵があったが、あれは何を意味しているのだね？」

「……茜さんは椿が好きで、それをご自分の名前の代わりにしたのではないかと」

「松の葉の印は？」

「相手の男の方の印でしょう」

「早苗さん、あなたは？」

早苗は哀しげな顔になった。

「わたしの場合、渡す相手がいなくて」

「そうなの？　じゃあ、茜さんは？」

「きっと、茜さんはこれらの歌を選んでおき、いつか相手に渡そうとしていたのだと思います。これといっしょに相手から来た返歌は、ありませんでしたか？」

「文史郎様、ありましたかね？」

弥生は文史郎に訊いた。

「一枚だけ、九十七と書かれた紙があったが」

「あら、九十七は、定家の歌の番号ですね。こぬ人をまつほの浦の夕なぎに……ああ、分かった。それで松の葉を印にしたのね」

弥生は早苗を見た。早苗はうなずいた。

「それ、相手からの返歌です。番号をいうだけで歌が分かるので、番号をそっと言い交わして思いを伝え合っていたのです」

「そういうことだったのか」

文史郎は合点がいった。

茜には、やはり好きな男がいる、と文史郎は思った。茜の失踪には、きっと、その好きな男が関わっている。茜は拉致されたのではなく、自ら男の許に走ったのだろう。

「早苗、ありがとう。参考になった」

文史郎は早苗に礼をいった。

それから、女将の竹尾にも礼をいい、立ち上がった。弥生もおくにも、團十郎も立ち上がった。

あけぼの屋の玄関を出るとき、團十郎は文史郎に隠れてちらちらと早苗を見ていた。早苗も女将の陰から、團十郎を見返しているのが分かった。

二人の微笑ましい光景に、文史郎と弥生は顔を見合わせた。

文史郎は歩きながら弥生にいった。

「それにしても、弥生、百人一首をよくぞすらすらと暗唱できたものだな。感心した」

「いいえ。つけ焼刃ですよ。茜さんの文箱にあった懐紙の和歌を見て、久しぶりに百人一首を読み直しただけです」

通りの向かい側から、若い者に三味線を持たせた羽織姿の辰巳芸者が歩いて来るのが見えた。

さすが深川だ。日中から、芸者や芸妓が忙しく働いている。

すれ違いざま、芸者が大声を立てた。

「ああら、誰かと思ったら文史郎様じゃないですか」

「そういうおぬしは、米助」

米助はつつつっと文史郎に駆け寄った。文史郎の腕を指で抓《つね》った。

「な、なにをする」

「何をおっしゃる。ずいぶんのご無沙汰ではありませぬか？　深川に遊びに御出でになるなら、どうして私を座敷に呼ばないのです？　いま見ていましたよ。あけぼの屋さんから出てらした。私を呼ぶなら、置き屋は増田やでしょう」

「米助、これにはわけがある」

「それはわけはおありでしょうよ。それにこんな美しい男姿の弥生様や若い別嬪さんを従えて、なんて憎いひとなんです？　ねえ、弥生様、そう思いません？」

「しばらくです。あいかわらず、お元気そうで」

弥生は笑いながら、米助に挨拶した。

おくには、美人だが男勝りの辰巳芸者米助の勢いに圧倒されている。

「あら、こちらのいい男は……」

米助は文史郎の後ろで、そっぽを向いている團十郎を見た。

「誰だっけ？　あんた、見たことあるねえ」

團十郎はいきなり手拭いを頬《ほ》っ被《かむ》りし、文史郎と米助の間を擦り抜けて駆け出した。

「おい、團十郎、どうした？」

團十郎は文史郎の声も無視して、尻尾を巻いた犬のように通りを走り去った。

「なに？　あの若侍、團十郎っていうの？」

「米助、あの團十郎を存じておるのか？」

「名前は忘れたけど、團十郎ではないわよ。たしか、新之助《しんのすけ》とか新次郎《しんじろう》とか、違う名前だった」

「どうして、あの男を知っているのだ？」

「上司にお座敷に連れて来られて、初めて深川に遊びに来たらしく、がちがちに堅くなっていたから覚えているのよ。それに上司から叱られ、宴会の途中で逃げるように引き揚げて行ったし」

「いつのことだ？」

「一月《ひとつき》ほど前のことかしら」

「どこのご家中だった？」

「さあ、なんだったろう」

「思い出してくれ」

「どうして？　私なんぞにきかず、直接、あの子にきけばいいいじゃない？」

「それが、あいつ喋らないのだ。名前も名乗らず、何も口をきこうとしないから、そ

れがし が勝手に團十郎という仮の名をつけた」

「なぜ、口をきこうとしないの？」

「そのわけが分からないから、身許を調べたいんだ」

「分かった。置き屋に、そのときの座敷についての記録があるかもしれない。調べてみる」

「頼む」

「その代わり、私を座敷に呼んでよ」

「分かった。そうする」

「約束だからね」

米助は文史郎の脇腹の肉を指で摘《つま》んでねじった。文史郎は痛さに顔をしかめた。

「弥生様もごいっしょしてね。かならずよ」

「はい。かならず」

弥生はうなずいた。

「じゃあ。失礼いたしました。相談人様たち」

米助は文史郎と弥生に一礼すると、意気揚々と若い者を従え、増田やの方角に引き揚げて行った。

「そうか。團十郎、深川に来たことがあるんだな」

文史郎は脇腹を撫でながら、通りの先を見やった。通りの先の物陰から、團十郎がこちらを窺っているのが見えた。

「文史郎様、米助さんは、あいかわらずでしたね」

弥生はにやにやしながらいった。

「驚きました。辰巳芸者のお姐さんって、ほんとに気風《きっぷ》がいいですね。女ながらほれぼれしてしまう」

おくには、にこやかに笑った。

七

浅草仲見世《なかみせ》は、浅草寺《せんそうじ》への参拝客や参拝帰りの客たちでごった返していた。

大門と左衛門は、番頭の和助を連れ、雑踏の中を歩いた。

老舗の水茶屋「小梅や」は、探すほどのこともなく、仲見世の一角にあるのが見つかった。

大門たちは、小梅やの暖簾《のれん》を潜《くぐ》り店内に入って行った。

「いらっしゃいませ」

　やや年増の仲居が出迎えた。

「どうぞ、お上がりください」

　大門と左衛門、和助の三人は仲居に案内されて、畳の間に上がった。

　六畳間ほどの部屋にはかんかんに炭火を熾した火鉢があり、部屋を暖めていた。三人は火鉢の周りに座った。

　年増の仲居が盆に載せた湯呑み茶碗や急須を運んで来た。

「冷えますねえ」

　仲居は愛想笑いを浮かべた。

「うむ。熱い茶を頼む」

「はい」

「それから、下《くだ》り酒の熱燗も頼めるかな」

「はい。何本つけましょう」

「とりあえず、銚子三本といこうか」

「肴《さかな》のつまみも少々」

「はい。少々お待ちくださいませ」

仲居は引き揚げようとした。

「仲居さん、こちらには、お妙という娘さんがいらっしゃるそうだね」

「はい。いますよ」

「ちょっと、訊きたいことがあるので、呼んでくれないかね」

年増の仲居は不審に思った様子だった。

左衛門が真面目な顔でいった。

「なに、それがしたちは相談人。剣客相談人だ。怪しい者ではない。ちと人探しをしておるのだ」

「人探しですか？　うちのお妙さんから何をきこうというんです？」

「いやなに、ある商家の娘さんが突然出奔した。その娘さんと親しかった小梅やのお妙さんがなにか事情を御存知ないかと思ってな」

左衛門は懐から財布を出し、金子《きんす》を取り出した。それを仲居に握らせた。

仲居の頬が弛《ゆる》んだ。

「これは謝礼だ。お妙さんにも、話をきかせてくれれば、お礼はする」

仲居はうなずいた。

「そういうことですか。分かりました。すぐに呼びますので、お待ちください」

仲居は廊下の奥の台所に姿を消した。

やがて台所から小梅やの文字が入った前掛けをした娘がそそくさと現れて、大門や左衛門たちの座敷の廊下に座った。

「お妙でございます。なにか私に御用でございましょうか？」

左衛門は和助を見た。

「番頭さん、お金を渡したのはこの娘さんかな？」

和助はお妙と名乗った娘をまじまじと眺めた。

「似ているような、似ていないような」

「いったい、どっちだ」

「この娘さんとは違います。この方も美人ですが、私がお金を渡した娘さんはさらに美人でした」

「まあ。失礼な」

お妙は頬を膨らませて和助を睨んだ。

「済まない。許せ。これにはちとわけがあってな」

「はいはい。結構ですよ。みなさんは、お客さまです。無茶なことさえおっしゃらなければ、大歓迎ですから」

お妙は立とうとした。

「お妙さん、扇屋盛兵衛さんの娘の茜さんを御存知かな」

「……存じています。踊りの稽古で、ごいっしょしてますから」

「その茜さんが出奔した。その事情を御存知ないか？」

「さあ。茜さんがなぜ？」

「人の噂では、駈け落ちしたのではないか、というのだが」

「まあ。駈け落ちですか。誰と？」

「それが分からぬから、相談人の我らに、茜さんを捜してほしい、という依頼があったのだ」

「さようでございますか。わたしは、存じません。申し訳ありませんが」

お妙は哀しげに頭を振った。

廊下をどたどたと歩く仲居の足音がきこえた。

「お待ちどうさま。熱燗三本、おつまみ三皿、ご注文の品です」

仲居は部屋に入り、飯台にそれらを載せた。

「もう、お話はよろしいでしょうか？」

お妙がいった。

「お妙さん、ありがとう。済まないが、もし、茜さんの消息が分かったら、わしらに教えてくれぬか」

「はい。分かりました」

左衛門は膝行し、財布から出した金子をお妙に握らせた。

「これがお礼だ。よろしうな」

「はい。畏《かしこ》まりました」

お妙はぱっと顔を明るくした。

「では、失礼します」

お妙は喜んで台所に引き揚げて行った。

「さあ。お客さんたち、飲みましょう。まずは髯のお方、どうぞ」

仲居が大門の前に座り、大門の盃に銚子を傾けた。

「爺さま、とりあえず、一杯。これをやって元気をつけましょうや」

大門は上機嫌で和助にも酒を勧めた。

「ま、仕方ないか。殿になんて報告したらいいか、気が重い」

左衛門は飲みながら考え込んだ。和助も浮かぬ顔で酒を飲んでいた。

第三話　忍ぶれど

一

どんよりと垂れ籠めた雲の下を灰色の大川が流れていく。

あたりは薄暗さを増していた。両国橋を渡る人影は少なかった。だが、まだ帰るには早い。

文史郎は並んで歩く弥生にいった。

「弥生、これから浅草仲見世に回ってみよう。爺や大門がお妙と会って、何か聞き出したやもしれぬ」

「はい。よろこんで御供します」

弥生はうれしそうにうなずき、おくにと顔を見合わせた。

「それにしても米助さんが團十郎をお座敷で見かけて知っているとは意外でしたね」

弥生は後ろから少し離れて付いてくる團十郎をちらりと見ながらいった。

文史郎はうなずいた。

「團十郎も、それと知ってか、さっさと逃げて行ってしまった。いったい、誰に連れられて深川に遊びに参ったのかのう？」

團十郎は米助と出会ってから不機嫌な面持ちで文史郎や弥生に近付いても来なかった。

米助が呼ばれた座敷について、きかれるのを恐れている様子だった。

「米助さんに会って話をしてもらいましょうか？」

「いや、いいだろう。團十郎が知られたくないことを、我らが知ってどうということもない。團十郎が自分から話すようになるまで、放っておこう」

「そうでございますな。せっかく、團十郎が心を開き、話ができそうになったのに、無理に問い詰めたら、また心を閉ざしてしまうでしょうからね」

弥生は頭を振った。

おくにも後ろの團十郎を振り返りながら、相槌《あいづち》を打った。

「でも、驚きました。私、てっきり團十郎様って本名だと思ってました。男前だし」

團十郎は、自分のことを話しているのが分かるのか、文史郎たちからできるだけ離れて付いて来る。

両国橋を渡り終わり、文史郎たちは広小路に足を踏み入れた。

両国広小路には、何軒もの芝居小屋や見世物小屋が立っている。小屋の前の通りには、菓子や土産《みやげ》などを売る露店が並んでいた。

ちょうど、芝居や見せ物が終わったらしく、それぞれの小屋の出口からぞろぞろと大勢の男女の客たちが吐き出されて来る。

「あれは忠助《ちゅうすけ》親分ではないか？」

「どちらに？」弥生は目で探した。

行き交う人混みの中で、人の流れに逆らって鋭い目を走らせている目明かしの忠助親分がいた。

忠助親分が見ている先には、誰かを捜している様子の下っ引きの末松《すえまつ》の姿があった。末松は十手《じって》を片手に持ち、もう一方の手にぽんぽんと打ち付けながら、油断のない目であたりを睨んでいた。

「親分、いったい、そこで何をしておるのだ？」

文史郎は忠助親分の背後から声をかけた。忠助親分ははっとして振り返った。

「……なんだ、お殿様じゃありませんか。驚かさないでくださぃ」

「張り込みか？」

「へい」

忠助親分はまた人の流れに鋭い目を走らせている。

「掏摸《すり》だあ。掏摸」「掏摸」

いきなり怒声が上がった。女の悲鳴も響いた。

人の流れが乱れた。数人の尻端折《しりはしょ》りをした町奴たちが通行人と揉み合い、撲《なぐ》り合っていた。

「喧嘩だ、喧嘩だ」

周囲から野次馬が声を上げた。

末松が手を挙げた。

「親分、いました」

「よし、末松、召し捕れ！」

途端に忠助が十手をかざして、雑踏に走り込んだ。

「御用だ！　御用だ」

「おとなしくしやがれ」

怒声とともに雑踏から三、四人の無頼者が、どっと駆けて来た。

「野郎、神妙にしやがれ」

末松が無頼漢の一人に後ろから飛びつき、その場に捩《ね》じ伏せた。

「待ちやがれ！」

忠助親分は逃げて来る無頼漢の一人の鳩尾《みぞおち》に十手を叩き込んだ。無頼漢は呻《うめ》いて蹲《うずくま》った。

ついで忠助親分はいっしょに駆けて来る仲間の無頼漢を止めようとした。

二人の無頼漢は忠助親分の手を払い退け、身を躱《かわ》した。

弥生の軀が動いた。

「止まれ！」

弥生は両手を広げて二人の行く手に立ち塞がった。

「若造、邪魔だ、どけ！　どきやがれ」

無頼漢の一人が脇差しを抜いて斬りかかった。

弥生はさっと身を引いた。文史郎が一瞬早く弥生の前に出た。

「待て！　逃げるな」

「なにを、さんぴん」

文史郎は無頼漢の右腕に手刀を叩き込んだ。無頼漢は刀子《とうす》を落とした。刀子は地べたに音を立てて転がった。文史郎は男の腹に拳を叩き込んだ。

「うっ」

無頼漢は鳩尾を手で押さえながら、苦痛の呻きを上げながら膝を落とした。

「なにをしやがる。さんぴんめ」

いっしょにいたもう一人の無頼漢が怒声を上げた。男は脇差しをぎらりと抜いた。

團十郎が後ろから文史郎の前に躍り出た。團十郎の軀が男の懐に飛び込んだ。

次の瞬間、團十郎は男を腰車《こしぐるま》で、どうっと地べたに投げつけた。男は脇差しを放り出し、砂利の硬い地面に叩きつけられて伸びた。

忠助親分と末松が、男たちの腕を後ろ手にして捕縄で結わえ上げた。

野次馬の人垣がどっと崩れた。

「どけ、どけ。御用だ、御用だ」

町方の捕り手たちが人混みを分けて、駆けて来た。

捕り手たちの先頭にいたのは、南町奉行所同心の小島啓伍《こじまけいご》だった。

「神妙にしろ」「おとなしく、お縄を頂戴しろ」

捕り手たちは忠助親分らとともに、四人の無頼漢を後ろ手にして、捕縄で縛り上げた。

小島は文史郎や弥生に気付いた。

「おや、誰かと思ったら相談人の殿様、弥生殿ではござらぬか。どうして、こんなところに？」

「浅草仲見世に向かおうとして、通りかかったところだ。いったい、なんの捕り物なのだ？」

「こいつら、芝居帰りの客たちの懐《ふところ》を狙う掏摸泥棒一味でしてね。今日こそは、と忠助親分たちと手薬煉《てぐすね》引いて、待ち受けていたところです。捕まえるお手伝いをしていただき、ありがとうございます」

小島は文史郎と弥生に頭を下げた。

「いや、手助けしたのは、うちの連れでな。それがしではない」

文史郎は團十郎に目をやった。

黒羽織姿の團十郎はバツが悪そうにそっぽを向いていた。

「こちらの御仁も相談人でござるか？」

「まあ、そういうことにしておこう。まだ正式な相談人ではないがな。相談人見習いといったところかな」

「見習いでございましたか。で、名前は？」

「團十郎だ」

「おう、変わったお名前ですな。團十郎殿、礼を申し上げる」

小島は團十郎にも礼をいった。

「…………」

團十郎は口の中で、もごもごと何やら呟いた。

捕り手たちが四人の無頼漢たちを引き立てて歩きはじめた。野次馬たちも解散し、次第にあたりの人影が消えて行く。

忠助親分と末松が残り、小島の後ろに神妙な顔をして控えた。

文史郎は小島にいった。

「ちょうど良かった。おぬしの力を借りようと思っていたところだ」

「何ごとにございますか？」

文史郎は小島に簡単にこれまでの事情を話した。

「ほう。扇屋盛兵衛の娘が出奔したというのですか。扇屋といえば高利貸しでぼろ儲けしているお大尽《だいじん》。何かと恨みを買いそうな御仁だ。何かありそうでござるな」

小島は腕組をした。文史郎は忠助親分に向いた。

「忠助親分たちも何か聞き込んだら、ぜひ、教えてほしい」

「ようがす」「合点でやす」

忠助親分も末松も大きくうなずいた。

「文史郎様、日が暮れないうちに、浅草へ参らないと。急ぎましょう」

弥生が文史郎を促した。

二

文史郎たちが浅草仲見世に着いたころ、街は薄暮に蔽《おお》われていた。雷門《かみなりもん》の巨大な提灯《ちょうちん》には灯が点《とも》り、足許に暗い影を投げていた。

仲見世通りには、両脇にずらりと提灯が並び、行き交う参拝者を薄暗く照らしている。

暮れも近い寒い季節ではあったが、浅草観音が祀《まつ》られる浅草寺を訪れる客の足は、終日絶えることがなかった。

文史郎は弥生とおくにを連れ、ゆっくりと仲見世の露店を眺めながら歩いた。やや離れて團十郎もついて来る。

「茶屋の名は、老舗の小梅やと申しておったな」

「わたし、小梅やなら存じております。こちらです」

おくには先に立って歩き出した。

「おくには、お妙を知っているか？」

「はい。お妙さんはお嬢様の仲のいいお友達ですからね」

「どんな娘さんなのだ？」

「勝ち気で別嬪さんだけど、頭の賢い下町娘ですよ。お父さんの店に出て、仲居をしているので、看板娘になってらっしゃる。お茶が点《た》てられ、生け花も縫い物もなさるし、踊りもなさる。ほんとうにできた娘さんですよ」

おくには振り返り、にこやかに笑った。

「文史郎様、あれは大門殿と左衛門様では？」

弥生が仲見世の通りの先を指差した。

参拝客に混じり、髯の大門と左衛門が和助を従えて歩いて来る。

「おう、ちょうどよかった」

文史郎は立ち止まり、手を挙げた。

大門たちも気付いたらしく、手を振って応えている。

「あのふらついた足取り。大門殿も左衛門様も、お酒を召しているご様子ですね」

弥生がやれやれと頭を振った。

「ほんとだ」

文史郎は腕組をして待ち受けた。

やがて大門と左衛門、和助が文史郎たちの前にやって来た。

「爺、大門、だいぶご機嫌だな」

文史郎が頭を振った。左衛門が顔を赤くしていった。

「いやあ、殿に直々のお出迎えしていただくとは感激です。ただただ恐縮しております」

「ははは。どうですかな、そちらの首尾は？」

大門が哄笑しながら訊いた。

「うむ。早苗殿から、いろいろ話がきけた。大門たちの方は、いかがだった？」

「それが、お笑いくださるな。お妙殿はまったく知らないそうで。金子《きんす》を取りに来た女子でもない、と分かりました。そうだな、番頭さん」

大門は和助に同意を求めた。

「はい。お妙さんは、店にお金を取りに来た娘さんとは違いました」

和助も赤い顔をしていた。左衛門が面目なさそうにいった。

「というわけで、出直しの景気付けのため、ちと酒をば飲んだ次第でござった」

「変だわねえ。左衛門様や大門様が会ったのは、ほんとうにお妙さんだったのかしら？」

おくにが首を捻った。

左衛門が訝った。

「と申すと、わしらが会ったのはお妙ではない、というのかね？」

「どんな娘でした？　歳は？」

「十八、九ぐらいかのう」

「色白で、ぽっちゃりした丸顔でした？」

「そうだったよな、番頭さん？」

「いえ。違いました。瓜実顔の美人でした」

和助は頭を振った。おくには和助に向いた。

「番頭さん、左顎の隅に小さな黒子《ほくろ》はなかった？」

「黒子ですか？　左衛門様、大門様、どうでした？　黒子なんかなかったですよね」

「黒子？　あったら覚えているな」と大門。

「いや気付かなかった」

左衛門も頭を振った。おくには笑った。

「じゃあ。お妙さんじゃないわ」

「しかし、お妙と名乗ったぞ」

「確かに」

「でも、お妙さんじゃないわ。きっとお妙さんに化けた、おきみさんだわ」

「おきみ？」

「はい。お妙さんのお姉さん」

「どうして、お姉さんがお妙だと名乗って出て来たのか？」

「お妙さんは、小梅やの看板娘。毎日、噂を聞いたお客さんが店を訪れるんです。でも、全部のお客さんに、お妙さんが出るわけではない。なかには悪さをしようという心得違いのお客もいるでしょ。そんな危ない客には、念のため、お姉さんがお妙さんになり代わり、顔を出してお客をあしらうことになっているんです」

大門は目を剥いた。

「な、なんと、わしらはお妙の偽者に面談したというのか？」

「そうか。爺、大門、おぬしら、よほど怪しい客と思われたらしいな」

文史郎は弥生と顔を見合わせて笑った。

「大門様、だって、その娘、顔に黒子がなかったのでしょ？　なければお妙さんじゃないわ」

「そうか。お妙ではなかったのか。道理で何も知らなかったわけだ」

左衛門も苦笑いした。

和助が突然思い出したようにいった。

「そうでした。簪付きの手紙を持ってきた娘さんの顔には、たしか顎のあたりに、ちょっぴり小さな黒子がありましたな」

「それがお妙さんですよ。その黒子がちょっと魅力がある別嬪さんだったでしょう？」

おくには微笑んだ。

大門は左衛門に振り向いた。

「参ったな。爺様、小梅やに引き返しますか」

「大門殿、小梅やは、わしらが出て来るときに店仕舞いだったではないか。いまから戻っても詮ないこと。本日は潔《いさぎよ》くあきらめ、長屋に引き揚げよう。また明日にでも出直した方がいい」

文史郎は、爺にうなずいた。

「うむ。それがいい。今度は、それがしが参ろう。早苗からきいた茜の話もある。お妙に会ったら、訊きたいこともあるのでな」

弥生が文史郎に向いた。

「文史郎様、それがしも参ります。女子同士でなければ、分からぬことがありますので」

「よかろう。おくにもいっしょに参れ」

「はい」

おくにはうれしそうに返事をした。

左衛門と大門が浮かぬ顔をした。

「では、殿、それがしたちは？」

「それは帰ってからの相談としよう。ともあれ、今夜は引き揚げだ。みな、骨折り損だったが、ご苦労だった」

文史郎は笑いながら踵《きびす》を返した。

ふと首筋にちりちりするような視線を感じた。誰かが射るような鋭い視線を送って来る。

文史郎は思わず手で首筋を撫でた。

「文史郎様」

弥生が腰の脇差しに手をかけ、文史郎の顔を見た。弥生も視線を感じた様子だった。

文史郎は弥生に顔を向けずに囁いた。

「存じておる。気付かぬふりをして歩け」

「はい」

文史郎は弥生といっしょに、静かに人混みの中を足を運んだ。

前にいるはずの團十郎の姿がいつの間にか消えていた。どこに行ったのか？　後ろを見たが、團十郎の姿はない。

後ろからは大門と左衛門が、和助やおくにと大声で何ごとかを話しながら歩いて来る。彼らは気付いていない様子だった。あるいは気付いても知らぬ顔をしているのか。

視線は距離を詰めず、少し離れたところから、こちらの動きを見ていた。

何者だ？　文史郎は訝《いぶか》った。

浅草に着くまでは尾行者に気付かなかった。おそらく左衛門や大門たちを尾《つ》けていた連中か？

文史郎は仲見世の夜店を見物するふりをしながら、わざとのんびり歩く。首筋にまとわりついた視線は、時折、ふっと消えたりする。

視線は少なくても三方から。真後ろ、左斜め後ろ、右斜め後ろ。それぞれ人混みに隠れ、人の間からこちらを密かに窺っている。

文史郎は視線の方角に、それとなしに目をやった。すぐに視線が消えた。

参拝帰りの人たちが仲見世の夜店を見ながら、ぞろぞろと歩いて来る。そのほとんどは町人の男や女たちだった。侍や武家女の姿もちらほらとはある。

弥生も夜店を見るふりをし、さりげなく斜め後ろの気配を探っていた。

甘酒売りの店の前に男や女が七、八人集まっていた。酒粕の香が漂っている。

大門が大声で叫んだ。

「殿、甘酒でもいかがでござろう？　少し寒いので、おくにや和助も熱い甘酒を飲みたいと申しております」

「大門、おぬしが飲みたいのだろうが」

左衛門が図星《ずぼし》を指した。

「ばれましたか」

大門は笑い、頭を掻いた。

「仕方がない。みんなに一杯ずつですぞ」

左衛門は袖の中から小銭入れを出し、大門に渡した。さっそく、大門が、おくにと和助とともに人だかりの中に割り込んだ。

左衛門が立ち止まった文史郎に、そっと囁いた。

「殿、尾けられていますな」

「うむ。存じておる」

文史郎は腕組をし、うなずいた。

「どこから尾けられた？」

「分かりません。殿たちと合流してからです」

「何人だ？」

「およそ五人」

「何者だ？」

「風体から見て頭《かしら》は侍。ほかは折助《おりすけ》か町奴。いかがいたします？」

「このまま様子を見よう」

「承知」

左衛門はうなずいた。

大門が人混みの中から、両手に甘酒を入れた湯呑み茶碗を掲げて現れた。

「おまちどおさま、殿、弥生殿、これをどうぞ」

大門は湯呑み茶碗を文史郎と弥生に手渡した。

「うむ」文史郎は甘酒の入った湯呑み茶碗を受け取った。

「ありがとう」弥生も礼をいった。

続いて、おくにが二人分の甘酒を手に戻って来た。

「はい。左衛門様。それから……」

おくには左衛門に湯呑み茶碗を手渡しながら、あたりを見回した。

「あら、團十郎様は？」

「先に帰ったらしい」

文史郎は甘酒を啜りながらいった。ねっとりした酒麹の甘味が口の中に広がった。

「じゃあ、これは大門様に」おくには大門に湯呑み茶碗を差し出した。

「いや、拙者は和助から貰う。それは、おくにが飲みなさい」

「おまちどおさんです」

和助が二杯の甘酒の湯呑み茶碗を持って人混みから出て来た。大門はうれしそうに笑いながら、湯呑み茶碗を受け取った。

文史郎たちは湯呑み茶碗の甘酒をふーふーと息を吹きかけながら啜るように飲んだ。

甘酒は濁酒《にごりざけ》のように濃厚でねっとりとした味がする。酒粕の匂いはするが、酒精はほとんどない。だが、飲めば軀がほんのり温《あたた》まる。

「相談人様」

おくにが甘酒を啜りながら、文史郎にいった。

「なんだ？」

「いました。あそこに」

おくには目で背後を指《さ》した。

三

おくにが弾んだ声でいった。

「茜様を尾けていたお侍様です。間違いありません」

文史郎は背後を振り向いた。町人たちの人波のはずれに立ち話をしている二人の侍の姿があった。一人は若侍、もう一人は中年の痩せた侍だった。

どちらも浪人者ではない。旗本御家人か、あるいはどこかの藩の家中のように見えた。

　二人の侍は、文史郎が見ていると分かると、ゆっくりと背を見せるようにして立った。

「どちらの侍だ？」

「若侍の方です」

「間違いないか？」

「はい。眉毛が濃いお方ですので、見忘れることはありません」

　文史郎は目を凝らした。

　夜店の店先の提灯の明かりに照らされた侍たちの顔が辛《かろ》うじて見える。確かに若侍の方は濃い眉毛をしていた。

　若侍はもう一人の中年の侍と何ごとかを立ち話をしている。

　文史郎は甘酒を飲み干し、空になった湯呑み茶碗を大門に渡した。左衛門が訝しげに訊いた。

「殿、何ごと？」

「みな、ここにいてくれ。おくには付いて参れ」

「文史郎様、わたしもぜひに」弥生がいった。

「よかろう」

文史郎は弥生とおくにを連れ、大股で若侍に歩み寄った。

若侍と中年の侍は話をやめ、文史郎と弥生、おくにが近付くのを見ていた。

文史郎は歩きながら若侍を観察した。

月代はきちんと整い、綺麗に剃りを入れてある。前髪を剃り落としているところから、元服は終えた青年だ。年のころは、十七、八歳。

丸顔で濃くて太い眉毛をしている。意志の強さを示している。目鼻立ちは整ってはいるが、美男というほどではない。鼻は丸く愛敬がある。額や頬はにきびだらけ。

身形《みなり》は、熨斗目《のしめ》の小袖に羽織を着た半袴姿で、見るからに上士の身分であることを窺わせる。

若侍は真っすぐに歩む文史郎を見ても、逃げようとはしなかった。

文史郎は若侍の前に立った。

「失礼いたす。つかぬことをお尋ねするが、おぬし、この女子を存じておろうの う?」

文史郎はおくにを手で差した。おくにはまじまじと若侍を見つめた。

「やはり、あんただわ」

「…………?」

「私がお嬢様といっしょにお買い物をしに行くと、きっとどこかで待ち伏せなさっていた。そうでしょ？」

おくには詰問口調で若侍にいった。

若侍は驚いた顔で文史郎を見、傍《そば》に立つおくにに目をやった。若侍はおくにの詰問に慌てた様子でうなずいた。

「いや、その」

「知ってますよ。たしか、お嬢様につきまとい、付け文をなさったりしたでしょ」

「は、はい。確かに、それがしでござる」

若侍は観念した様子で認めた。

「お嬢様は、どこにいます？」

おくには勢い込んで若侍に尋ねた。

「……はあ？」

「茜様を連れ出しませんでしたか？」

「それがしが連れ出したですと？」

若侍は「とんでもない」と手を振った。

傍にいた中年の侍が戸惑った顔で若侍を助けるようにいった。

「御女中、いったい、全体、なんのお話をなさる？」

「だって、おさむらいさん、あなたはお嬢様を尾《つ》け回していたでしょ？　お嬢様がお買い物をするとき、私がいつもいっしょだったから知っているのよ。店先や橋の袂で、あなたが待っているのを何度も見ました。お嬢様も気付いていましたよ」

「そ、それは……」

若侍は口籠もり、顔を赤らめた。

隣に立った中年の侍が語気を強めていった。

「どちらの方《かた》かは存じ上げないが、突然に無礼であろう。こちらの若殿は……」

若侍は隣の中年の侍を手で制した。

「待て。忠近《ただちか》、話すな」

「はっ」

忠近と呼ばれた中年の侍は、静かに引き下がった。

「貴殿たちは？」

若侍は文史郎に不審の目を向けた。

文史郎は若侍に向いて名乗った。

「それがし、相談人の大館文史郎と申す者」

「大瀧弥生。同じく相談人でござる」

すかさず、弥生も名乗り、大きな黒い瞳で若侍を見据えた。

「…………」

若侍は弥生の美しい顔に一瞬、目をしばたたき、呆然としていた。

文史郎は空咳をして若侍に注意を喚起した。若侍は我に返ると、慌てて自らも名乗った。

「拙者、大槻《おおつき》加門《かもん》と申します。こちらの者は忠近……」

加門は傍らの中年の侍に、あとは自分で挨拶しろ、と促した。

「それがしは、傅役《もりやく》大門寺《だいもんじ》忠近と申す者でござる」

大門寺忠近は文史郎と弥生に頭を下げた。

傅役というからには、加門は大槻家の御曹司だ。

忠近は加門よりも十歳は年上らしい。細面の、いかにも真面目そうな面持ちをした男だった。

文史郎は、長年自分の傅役をしている左衛門のことを思いながら、加門に尋ねた。

「加門殿は茜殿を見初められたようでござるな。いったい、どこで茜殿を？」

「は、はい。今春、上野寛永寺《かんえいじ》の梅林で開かれた園遊会でござった」

おくにが叫ぶようにいった。

「ああ。知っています。お嬢様が初めて踊りを披露なさったときです」

「それ以来……」

加門は暗がりの中でも分かるほど、顔を赤くしてしょげ返った。

「加門殿は付け文なさったとか申されたな」

「はい」

「もしや、その付け文は歌ではござらぬか？」

「は、はい。さようでござった」

「どのような歌を送ったのかな？」

「はい。それがし、歌を作る才はなく、せめて百人一首の歌に思いを託し、思い切って、四十番、ついで、五十一番を茜殿に送ったのです」

加門は暗がりの中でも、恥ずかしそうに目を伏せた。

「四十番と五十一番か。ははは。で、その返事は？」

「はい。……八十番でござった」

「ふうむ。それは、つらいのう」

「はい。つろうございます。ですが、それで、ますます茜殿を……」

「想うようになったか」

文史郎は加門がいくぶん気の毒になった。

おくにがきょとんとして文史郎に尋ねた。

「相談人様、その四十番、五十一番とか、八十番とかいうのは、いったいなんなのですか？」

文史郎は笑いながらいった。

「四十番は、拙者も好きな歌だ。

しのぶれど　色に出にけり　わが恋は　ものや思ふと　人の問ふまで」

弥生が微笑んだ。

「四十番は、平　兼盛《たいらのかねもり》の詠んだ歌でしたね」

「五十一番というのは？」と、おくにが訊いた。

弥生が答えた。

「五十一番は藤原　實方《ふじわらのさねかた》朝臣の歌で、
かくとだに　えやはいぶきの　さしも草　さしも知らじな　燃ゆる思ひを
でございましたな」

文史郎はうなずいた。

「そうそう。これほどまでに、あなたを想っているのに打ち明けられない。伊吹山《いぶきやま》の草が燃えるように、私の心はあなたを想って燃えているのを、あなたは知らないことでしょう。切ない男の恋心を詠んだ歌だ」

「では、八十番というのは？」

「長からむ　心も知らず　黒髪の　乱れてけさは　ものをこそ思へ。待賢門院《たいけんもんいんの》堀河《ほりかわ》が詠んだ歌だ」

「どういう意味でございますか？」

おくにが怪訝な顔をした。

弥生が微笑みながらいった。

「長い間、わたしを想ってくださっているそうですが、人の心はいつ変わってしまうのか分からないもの。寝乱れた長い黒髪のように今朝あなたを想っては、私の心も乱れて思い悩んでいます、といったような意味かしら」

「つまり、想ってくれているのか、そうでないのか、どちらにでも取れる、揺れる女心を詠んだ歌だ」

「……はい、さようで」

加門は、深い深い溜め息をついた。

文史郎は弥生とおくにに戻ろうと促した。

「加門殿、失礼いたした。弥生、おくに、引き揚げよう。この様子では、加門殿は関係ない」

「さようですね」弥生はうなずいた。

「では」

文史郎は加門に頭を下げ、左衛門たちのところへ引き揚げようとした。

「お待ちくだされ」加門がいった。

「なんでござる？」

「茜殿に何かあったのでござるか？」

「…………」

文史郎は弥生と顔を見合わせた。おくにも困った顔をした。

加門は続けた。

「先ほど、御女中がそれがしにいいましたね。茜殿を連れ出したのではないか、と。茜殿がいなくなったのですかな？」

「そうなのでござる。茜殿が数日前に出奔し、自宅に帰らなくなった」

「どうして？」

「それが分からない。それで、扇屋盛兵衛から我々相談人に茜殿を捜して連れ戻すよう依頼があったのでござる」

「そうでござったか。道理で、この数日、いくら張り込んでいても茜殿の姿が見えなかったわけだ」

「加門殿、大門寺忠近殿、茜殿が失踪するにあたり、何か心当たりはござろうか？」

「心当たりでござるか」

加門は大門寺忠近と顔を見合わせた。

「心当たりということではござらぬが、恋敵《こいがたき》ではないか、と思った人物がうろついていたのを見たことが」

「どこを？」

「扇屋周辺をです。そして、茜殿が家から出て来ると、さりげなくついて歩く」

「どんな男でした？」

「それが、男のときもあれば、女子のときもあった。それに、しょっちゅうということではなく、二、三度でしたので、これは恋敵ではないな、と判じました」

「ほう。女子もいたというのですか？」

「はい」

「どのような風体でござったか？」

「町奴、あるいは中間《ちゅうげん》小者だったか」

弥生が尋ねた。

「その者たちが茜さんを攫《さら》うとかといった恐れ感じませんでしたか？」

「そのような悪意や危険は感じませんでしたな」

「では、なんだと？」

「扇屋の商売に絡んでのことか、と思いました。何か調べているのかな、と」

文史郎は腕組し、考え込んだ。

「ともあれ、おぬしたちと違う何者かが、茜殿の動向を窺っていたというのですな」

「はい。もしかして、その輩《やから》が茜殿を……」

加門は傳役の忠近と顔を見合わせた。

「参考になりました。ご協力に感謝いたします」

文史郎は加門と忠近に礼をいった。弥生もおくにも頭を下げた。

「それがしたちも茜殿捜しに協力しましょう。茜殿が心配だ。ぜひ、やらせてください」

「ありがたい。もし、扇屋や茜殿を張り込んでいた者たちを見かけたら、何者かを調べてくだされ。そして、我らに教えていただければ、ありがたい」

「分かりました。それがしたちも全力で茜殿を捜します」

加門はしっかりとした顔でうなずいた。

四

長屋のある町内に入ると、怒声や悲鳴がきこえた。

文史郎は腰の刀を押さえながら、路地に走り込んだ。

安兵衛店の木戸の前には、黒い人だかりができていた。おかみさんや子供たちの影が大勢集まっている。

文史郎は深呼吸をして息を整えた。

「どうした？　みんな」

「あ、お殿様だ」

「お殿様だ」

子供たちが文史郎の周りに集まった。

「あ、お殿様、やっと来てくれた」

お福の影が振り向いた。おかみさんたちが口々にいった。

「お殿様がお帰りだ。助かった」

「殿様だ、よかった」

「早く早く喧嘩を止めておくれ」

お米が文史郎に訴えた。

「お殿様、團十郎がたいへんだ。悪い連中が團十郎を連れて行こうとしている。それで團十郎は心張り棒を振るって、男たちに立ち向かっているんだ」

お福は背中の赤ん坊をあやしながらいった。

「うちのバカ亭主も、お米さんの亭主の市松《いちまつ》さんも、ほかの亭主たちも、團十郎に加勢して、大立ち回りしているんだ」

「殿様、助けて」

おかみたちは口々に文史郎に訴えた。

「分かった。よし、心配するな」

文史郎は木戸口を潜り、長屋の細小路に入って行った。

細小路の奥の暗がりで、黒い影たちが争っていた。怒声《どせい》や罵声《ばせい》が飛び交っている。

「てめえら、この安兵衛店をなんだと思っているんだ。そんじょそこらの長屋じゃねえんだぞ」

精吉《せいきち》の濁声《だみごえ》が響く。

「畏れ多くも、この長屋にはお殿様が鎮座なすっているんでえ」

市松がどすの利いた声で合いの手を入れた。

精吉と市松はそれぞれ心張り棒や鳶口《とびぐち》を構え、相手を威嚇していた。

「それも腕が立つ剣客相談人でえ。怪我したくなかったら、いまのうちに帰んな」

「そうだぜ、お殿様がお帰りになったら、ただじゃあすまねえぞ」

二人は喧嘩口調で相手を盛んに罵《のの》っている。

相手も二人。一人が前に出て、もう一人が後ろに控えている。

暗いので相手の人相ははっきり見えなかったが、中間《ちゅうげん》小者と思われた。二人は無言のまま脇差しを構えていた。

細小路の幅が狭いので、相手も二人いっしょには動けない。

文史郎はゆっくりと精吉たちの背後に歩み寄った。後ろからお福やお米たちおかみさんらがぞろぞろとついて来る。

文史郎は精吉と市松にいった。

「精吉、市松、参ったぞ。どうなっているのか、様子を話せ！」

「あ、お殿様、来てくれやしたかい」

精吉がほっとした声を立てた。市松が勢いづいて相手に吠えた。

「そうれ見やがれ。おいらたちのお殿様がおいでになられたぜ。音に聞こえし剣客相談人様だあ」

「てめえら、覚悟しろ。お殿様、こいつらを叩き斬ってくんなまし」

精吉と市松は意気が上がり、一層相手を挑発しはじめた。

「まあ、待て。向こうでも争っているのか？」

文史郎は細小路の奥を窺った。

奥でも長屋の住人たちが、二、三人の中間小者たちとやりあっている。

精吉と市松は、細小路の奥にいる人だかりに怒鳴った。

「おーい、升《ます》、お殿様がお戻りになったぜ」

奥の方から升吉《ますきち》の怒鳴り声が返った。

「ありがてえ。お殿様たちが帰ってくれたんなら、もう心配ねえ」

「お殿様が帰ったぜ」

「こうなったら、こっちのもんでえ」

細小路の奥から亭主たちの元気な声が湧き上がった。

「精吉、團十郎は、どこにおる？」

「井戸端あたりにいるはずでがす」

文史郎は精吉と市松の前に出た。

中間たちは文史郎の登場に、明らかに動揺し、じりじりと退いた。

「おぬしら、何者だ？」

文史郎は腰の刀に手を掛け、脇差しを構える相手の気を窺った。

しかし、相手には殺気がなかった。斬りかかる剣気もない。ただ脇差しの抜き身を構えているだけと見た。

「殿様、やっちまってくんな」

「こいつら叩っ斬って、團十郎を助けてくんな」

精吉と市松が背後で声を上げた。

文史郎は刀に手をかけたまま、相手の前に進んだ。

「おぬしら、手向かうつもりがないなら、道を空けろ」

「…………」

中間たちは戦意がまったくなかった。文史郎が進むと、それに合わせるようにずるずると後退して行く。

細小路の途中にある井戸端付近で、激しく言い合う声がきこえた。

「團十郎！　大丈夫か。それがしが参ったぞ」

文史郎は怒鳴り、なおもづかづかと前に進んだ。中間たちは抗《あらが》おうともせず、下がり、井戸端の空き地に逃げ込んだ。

「團十郎、加勢に参ったぞ」

井戸を背にした團十郎らしい人影が、心張り棒を構え、三人の影法師と向き合っていた。

三人の影法師は抜刀し、團十郎を三方から囲んでいた。真ん中の影法師が刀を團十郎に突き付けている。

「旦那様！」

文史郎に追われた二人の中間は影法師たちに助けを求めた。

「……おのれ、邪魔が入ったか」

真ん中にいる頭《かしら》らしい影法師が文史郎の方を振り返ることもなく唸った。

真ん中の影法師の左右にいた影法師たちが、振り向き、文史郎に刀を向けた。

鋭い殺気が文史郎を襲った。

文史郎は男たちとの間合いを取った。

二人の影法師は、さっと左右に分かれた。刀を下段に構え、文史郎に対した。

二人とも並々ならぬ腕だ。頭が「斬れ」と命じたら、一気に文史郎に襲いかかる。

「待て。おぬしら、何者だ？」

「答える必要なし」

頭の影法師が文史郎を振り返りもせずにいった。

「ならば、おぬしら、押し込み強盗か？」

「…………」

「答えねば、止むを得ぬ、押し込み強盗と見て、斬る」

文史郎は大刀をすらりと抜いた。

刀を青眼《せいがん》に構え、対峙《たいじ》する二人の影法師に向かい、じりっと足を進めた。文史郎の全身から、激しい剣気が迸《ほとばし》り出た。

二人の影法師は文史郎の放つ強烈な剣気に、たじろぎ、半歩下がった。

細小路の奥からも中間たちが空き地に押し戻された。

「お殿様、あっしらが付いていやすぜ」

「こいつら、ただじゃあ帰《けえ》さねえ」

升吉たちが天秤棒や鳶口を掲げて、中間たちを威嚇している。

後ろのおかみさんたちがどよめいた。精吉たちもうれしそうに叫んだ。

「よかった。大門様も弥生様も来たぜ」

大門と弥生がおかみたちを分けて、文史郎の後ろについた。

「殿、大丈夫でござるか？」

大門は心張り棒を手にしている。

「文史郎様、ご加勢いたします」

弥生も腰の脇差しをすらりと抜いた。

影法師たちは大門と弥生の新たな登場に動揺し、さらに一歩退いた。頭の影法師を守る態勢になった。

頭の影法師が低い声でいった。

「文史郎とやら、我らは押し込み強盗にあらず、この新次郎《しんじろう》を連れ戻しに参っただけだ」

「新次郎を連れ戻しに、だと？」

團十郎は新次郎という名なのか、と文史郎は思った。

頭の影法師は、低く唸り、團十郎にいった。

「新次郎、ほんとうに藩命に背《そむ》くのか？」

「…………」

團十郎は答えなかった。

「これが最後の警告だ。我らといっしょに戻れ。いまならば、お咎めは軽くなる」

「…………」

團十郎は頑《かたく》なに答えなかった。

「どうしても、戻らぬというなら」

頭の影法師は、刀の切っ先を團十郎の喉元にあてた。團十郎は逆らわず、じっとしている。

「待て」

文史郎は刀を八相に構え、頭の影法師に声をかけた。

「團十郎は、いまはそれがしの身内。わが身内の團十郎を殺《あや》めるのは許さぬぞ」

「團十郎だと？」

「そうだ。こやつは新次郎にあらず。團十郎だ。もし、團十郎を殺めたら、殺しの下《げ》手人《しゅにん》として、おぬしら全員を引っ捕らえ、お白洲で裁きを受けさせる」

「…………」

頭の影法師は、團十郎の喉元に突き付けていた切っ先を下げ、ゆっくりと文史郎に向いた。

「おぬしの身内と申されたな」

「さよう。それがしの家中の者だ」

「笑止《しょうし》。おぬし、何者だ？」

突然、後ろの人垣から小柄な左衛門が現れて、大声でいった。

「こちらのお方は、那須川藩の元藩主若月丹波守清胤様だ。わけあって若隠居となり、名も大館文史郎と改め、こちらを住まいとしておられる。それがしは、その殿の傅役篠塚左衛門である」

左衛門は胸を張った。

「那須川藩主……」

頭の影法師は驚いた様子で呻いた。

文史郎は訊いた。

「おぬしは、どこの家中だ？」

「……わけあって藩名は名乗れぬ」

「ならば名はあろう。おぬしの姓名を名乗れ」

頭の影法師はうなずいた。

「それがし、大原伴成《おおはらともなり》でござる」

「大原伴成、どうしても團十郎を連れ戻したいというなら、團十郎の意向をきけ。團十郎が戻るというなら、我らは引き止めぬ。邪魔もしない。だが、もし、團十郎が戻らぬというのであれば、それがしたち、命をかけても團十郎を守るだろう」

「殿に同じ」左衛門がうなずいた。

「それがしも」弥生もうなずき、刀の柄《つか》に手をやった。大門も仕方なさそうにいった。

「力で来れば力で応対するしかあるまいて」

文史郎は團十郎に話しかけた。

「おぬし、大原伴成殿について戻るか？　それとも、團十郎としてここに残るか？」

「兄上、それがしは戻りませぬ」

團十郎がきっぱりといった。

兄上？　大原伴成は團十郎の兄上ということなのか？

文史郎は言葉に詰まった。

これは深い訳がありそうだな、と文史郎は思った。

大原はじっと團十郎を睨んでいた。

文史郎は大原伴成にいった。

「きいての通りだ。團十郎は貴殿といっしょに戻るつもりはないといっている」

大原は溜め息をついた。

「よし。新次郎、今日のところは引き揚げる。悪いことはいわぬ。考え直せ。いいな」

大原伴成は、左右にいる影法師たちに顎をしゃくった。

「引け」

影法師たちは刀を引いて腰の鞘に納めた。中間小者たちもほっと安堵した様子で、脇差しを納めた。

文史郎も刀を腰に戻した。弥生も脇差しを下ろし、鞘に戻す。

團十郎が大声でいった。

「兄上、この長屋には二度と御出《おい》でくださるな。殿や長屋の人たちにとって、迷惑千万でござる」

「なにをいう……」

大原伴成はむっとしたが、文史郎や左衛門、弥生を見て頭を振った。

「引き揚げだ」

大原伴成の部下たちは、ぞろぞろと木戸の方に帰りはじめた。長屋の住人たちは、細小路の道を空け、彼らが出て行くのを見送った。

「殿、それがしを身内にしていただき、ありがたき幸せに存じます」

團十郎は文史郎に頭を下げた。

「窮鳥懐《きゅうちょうふところ》に飛び込む、だ。おぬし、本名は大原新次郎と申すのか？」

「いえ。殿、それがしは、もはや新次郎にあらず、團十郎にございます」

文史郎は笑いながら左衛門と顔を見合わせた。左衛門がいった。

「そうだ。おぬしは團十郎だ」

「わしらには、新次郎よりも團十郎の方が馴染みがある」大門も賛成した。

「團十郎は、大原新次郎に戻るつもりはないのね」弥生もにこやかにいった。

「はい。これで気持ちがすっきりしました。今後は團十郎として生きて行きます。よろしうお願いいたします」

團十郎は弥生、大門、左衛門に頭を下げた。

お福やお米をはじめ、おかみたちも口々に賛成していった。

「そうそう。團十郎、團さんがいいね」

「そうだよ、新次郎よりも團十郎の方がいい男にきこえるし、呼びやすい。ねえ、あんたたちもそう思うだろ」

「はいはい」

亭主たちは顔を見合わせ、おかみたちに同意をした。

文史郎は腕組をし、團十郎に訊いた。

「ところで、團十郎、いったい、何があったのだ？」

「……ご勘弁ください。もし、話すときが来たら、必ず話します」

大門が大きくうなずいた。

「そうだ。團十郎。話せないときは無理して話さないでいい。沈黙は金なり、だ。何があったか知らぬが、おぬしは新次郎の過去を捨て、團十郎として生きる道を進め。それでいい」

「はい。ありがとうござる」

團十郎は静かにうなずいた。

左衛門が長屋の住人たちに大声でいった。

おかみたちは亭主たちの腕を捉まえ、それぞれの我が家に引き揚げはじめた。

五

その夜から、團十郎は少しずつ話をするようになった。

長屋住まいも、團十郎は大門といっしょに暮らすことになり、これまで転がり込んでいた部屋は大家の安兵衛に明け渡した。

長屋暮らしはただではない。仕事をしなければならない。

そのため、團十郎は大門とともに口入れ屋の権兵衛の紹介する土方仕事で日銭を稼ぎながら、引き続き文史郎たちの相談人稼業の見習いとして手伝いをすることになった。

肝心の茜の行方は杳《よう》として分からなかった。

唯一の手がかりのお妙には、翌日の夕方、おくにの尽力で、小梅やの二階で会うことができた。

お妙は、おくにがいっていた通り、瓜実顔の、どこか大人びた別嬪さんだった。顎にぽつんとついた小さな黒子《ほくろ》が、形のいい唇を目立たせている。

「でも、私、ほんとうに茜さんがどこにいるのか知らないんです」

お妙は真っ正面から文史郎を見て答えた。

「おぬしは扇屋から百両を受け取り、それを茜にそっくり渡したのだな」

「はい」

「なぜ、茜は自分で受け取りに行かず、おぬしに頼んだのだろうか？」

「茜さんによれば、自分が百両を受け取りに戻れば、お父様に捕まり、もう家を出られないのではないか、と思ったからでしょう」

弥生が訊いた。

「茜さんは、百両もの大金を何に使うつもりだったのです？」

お妙は困った顔をした。

「……茜さんは人助けのためといっていました」

「人助けと申すは？」文史郎が訊いた。

「分かりません。茜さんは私にも教えてくれなかったのです」

お妙は目を伏せた。弥生が尋ねた。

「茜さんは、あとでは五百両も必要になると手紙に書いていたそうですが、お妙さんはそのことを御存知でしたか？」

「いえ。知りませんでした」

文史郎が代わって尋ねた。

「もしかして、茜さんは誰かに軟禁されているのではないですか？」

「それはない、と思います」

「では、誰かに利用されているのではないのか？」

「どうして、そんな風にお取りになるのです？」

「百両を請求されたり、そのあとに五百両も必要になるという話は、誰かが茜さんを人質に取って、盛兵衛殿からお金を搾り取ろうとしているようにも見えるのだが」

「決して、そんなことはありません」

お妙はやや向きになって答えた。

「どうして、そういえるのです？」

「どうしてもです。あの人たちは……」

といいかけて、お妙は口を噤《つぐ》んだ。

文史郎は弥生と顔を見合わせた。

「あの人たちは、とは誰のことです？」

「…………」

お妙は目を伏せて黙った。

弥生が優しく迫った。

「いったい、誰なのか、教えてくれませんか?」

「…………」

お妙は口を結んで決してしゃべらないという顔をしている。

文史郎は笑い、弥生を止めた。

「弥生、もういい。いくらお妙さんを責めても、きっと話しはしないだろう」

お妙は黙ったまま下を向いている。

「じゃあ、別の話をきこう。茜さんには、好きな男がいるのではないか?」

「…………」

「早苗さんからきいたが、おぬしたちは、百人一首の歌に託して付け文を交わしているそうだね」

「…………」

お妙はかすかに頭を上下させた。

「それがしも、百人一首の歌は好きでな。若いころ、好きになった女子に送った歌がある。第四十四番だった」

お妙が顔を上げた。

「あふことの　絶えてしなくは　なかなかに　人をも身をも　恨みざらまし」

「中納言朝忠《ちゅうなごんあさただ》の歌ですね。お相手からの返し歌は？」

「七十七番。瀬をはやみ　岩にせかるる　滝川の　われても末に　逢はむとぞ思ふ」

「崇徳院《すとくいん》の詠んだ歌ですね。よかった。恋は成就したのですね」

お妙はおかしそうに笑った。

「うむ。懐かしい歌だ」

文史郎は在所の田舎に残した如月《きさらぎ》を思った。

いまごろ如月は何をしておるのだろうか？

傍らの弥生と同じ名の幼子の弥生はいかにしておるのか？

目の裏に山頂に白い雪を戴いた那須連山が浮かんだ。那須颪《おろし》が吹き下ろし、地吹雪が吹き荒れていることだろう。

軒に吊した干し大根が木枯らしに吹かれて、雨戸を叩き、かたことと音を立てている。

文史郎は思わず物思いに耽っていた。

「文史郎様、大丈夫ですか？」

弥生の声に我に返った。目の前に弥生の憂い顔があった。

「大丈夫だ。ふと田舎を思い出しただけだ」

お妙は文史郎と弥生を交互に見ながら微笑んだ。

「で、どうだね。お妙さん、茜さんが付け文を交わしている相手を存じておるか？」

「さあ。私は知りません」

「大槻加門という男ではないか？」

「…………」

「昨日、加門という侍に会った。加門は茜さんと歌を交わしていたそうだ。加門はかなり茜さんに入れ揚げていた。茜さんの返歌もきいたが、加門を憎からず思っているような歌だった」

「…………」

お妙は黙っていた。

「もし、おぬしが茜さんに会うことがあったら、加門がとても心配していた、と伝えてくれぬか？」

お妙は顔を上げた。

「分かりました。もし、茜さんと会うことがあったら、そう伝えます」

階段を上がって来る足音がきこえた。

姉のおきみが顔を見せ、廊下に膝をついていった。

「相談人様、そろそろ、お妙を仕事に戻したいのですが、よろしうございますか？」

「ああ。忙しいところ、すまなかった」

文史郎は謝った。

お妙はにこやかにいった。

「相談人様、なんのお役にも立てず、御免なさい。では、これで失礼いたします」

お妙は一礼して立ち上がった。座敷を出ると、おきみといっしょに階下へ降りて行った。

「どう見ます？」

「知っているな。隠している」

「そうでございますね」

弥生もうなずいた。


文史郎と弥生は小梅やの店を出た。

参拝客たちに混じり、仲見世通りを歩き出した。

左衛門と、文史郎が探索に使う玉吉《たまきち》が雷おこし屋の前に立っているのが見えた。

文史郎と弥生は左衛門たちの前を素通りしながら玉吉に小声でいった。

「必ずお妙は動く。どこへ行くかを調べてほしい」

「合点でやす。お任せください」

玉吉は文史郎に頭を下げた。

左衛門が静かに文史郎と並んで歩き出した。

同時に玉吉がそっとその場を離れ、小梅やの方角へ急いで行った。

左衛門が歩きながら、小声で訊いた。

「お妙、いかがでしたか？」

「お妙の口はかなり堅い。何か隠している。容易には喋らないだろう。しばらく、お妙を泳がせよう」

「分かりました」

文史郎は懐手をし、参拝客で賑わう仲見世通りをゆっくりと歩き出した。弥生が文史郎について歩く。左衛門も後ろについた。

木枯らしが仲見世を吹き抜け、木の葉を巻き上げて通り過ぎた。

六

「……というわけで、どうやら茜殿は拉致されたのではなく、自ら進んで家を出たものと思われますな」

左衛門は盛兵衛とお内儀の美代に調査の結果を説明した。

「茜が家出ですと？　あの馬鹿娘は何が不満で家出なんかしたのか」

盛兵衛は文史郎や左衛門の説明に納得しない様子で、顔をしかめていた。

美代は対照的にほっと安堵の溜め息をついた。

「旦那様、茜が悪者に攫《さら》われたのではないとなれば、それはそれで、まずは安心というものでしょう」

「なにをいうか！　一人娘の茜が家出したなんて世間様に知られてみなさい。扇屋の面汚《つらよご》しではないか。わしら夫婦はみっともなくて、おもて通りを大手を振って歩けやしない」

盛兵衛は憤然として怒った。

「そもそもは、お美代、おまえが茜を甘やかしたのがいけないんだ。親のいうことをきかないで、勝手気儘に遊ぶ、あんな放蕩娘になってしまった」

「旦那様、そんなことをおっしゃられても、私一人で茜をいつも見張っていることなんてできませんよ。私だって家事を切り盛りするのに大忙しなんですからね」

「おまえが、ちゃんと娘にしつけをしなかったから、我儘放題に好きなことばかりやっておったじゃないか。勝手に本所深川まで踊りの先生のところに通ったり、浅草にはお茶や生け花を習いに行ったり、芝居や歌舞伎は見るし、浄瑠璃《じょうるり》には夢中になる。それこそ勝手放題をしていたんじゃないか。おまえが悪いんだ」

「いえ。旦那様が茜に甘くて、なんでも茜のいう通りに着物を買ってやったり、芝居や歌舞伎に連れて行ったではないですか。それを私のせいにするなんて」

お内儀の美代は負けずに言い返した。

文史郎は見かねて盛兵衛と美代の間に入っていった。

「まあ、待ちなさい。二人ともいまさら言い争っても、なんにもなるまい。盛兵衛殿、美代殿、娘が親のいうことをきかないということは、世間ではよくあること。茜が、おぬしたちから逃れようとして家出したのも、何か理由があること。娘の不満がなんだったのかをきいて、親がその行いをやめれば、きっと茜は帰ってくる」

「こんなに茜のためと思ってやっているのに、いったい娘の茜に、なんの不満があるというのか？」

　盛兵衛はなおも不満たらたらだった。

「盛兵衛、その態度がいかんのだ」

　文史郎は頭を振った。

　美代は声高に盛兵衛を詰《なじ》った。

「そうですよ。旦那様、あなたが茜に好きでもない縁談を押しつけようとしたりするから、茜は家出をするんですよ」

「何をいうか？　あちら様は幕閣にも入ろうという旗本の御曹司だぞ。わしら商家には願っても叶わぬ良縁ではないか。それをおまえは……」

「いくら相手が後継ぎの御曹司といえ、茜は正室ではなく、側室に召し抱えられようというのではないですか。そんなのは茜でなくても、誰でも嫌がるのは当たり前でしょう？」

「なに、そんなことがあったのか？」

　文史郎は左衛門と顔を見合わせた。

　盛兵衛はむすっとした顔でいった。

「女子はいいご縁に恵まれてこそ、幸せになれるもの。おまえが持って来た縁談は、田舎の商家のぽんぽんのできそこないではないか。あんな馬鹿息子に娘をくれてやるくらいなら……」

美代は座り直した。

「なにをおっしゃいます。今日という今日は相談人様もおられるので、私もいわせてもらいます。私の生まれ育った浪速《なにわ》は田舎ではおまへん。浪速でも一番の商人の家柄の息子さんですがな。これから異国とも取引なさって大きくなろうという商家の御曹司とのご縁の方が、旗本の馬鹿息子のお妾さんになるよりも、女子の幸せになろうというものです。旦那様はまったく分かっていない」

「だから、おまえはだめなんだ。いまの世の中、強い者が、こういってはなんだが、お武家様があっての世。寄らば大樹の陰だ。それをおまえは……」

「いえ。旦那様、これからの世は、お金を動かす商人が伸《の》し上がる世です。お金を持ってこそ幸せになれる。お武家様の相談人様たちの前でこんなことを申し上げるのは気が引けるのですが、それが世の習いというもの。娘の茜は商家に嫁がせるのが一番です」

「何をいう。亭主のわたしのいうことに従えないというのか。馬鹿者が」

盛兵衛は思わず美代に摑みかかろうとした。

左衛門が咄嗟《とっさ》に盛兵衛と美代の間に割って入った。両手で盛兵衛を押さえた。

「まあまあ。お二人とも、そんなに興奮しないで。言い争いはそのくらいにしなさい」

「…………」

盛兵衛は憮然とし、腕組をした。

「……ったく、分からず屋なんだから」

美代も座り直し、乱れた髪を撫で上げた。

文史郎は盛兵衛と美代を諭すように話した。

「おぬしらの、そういう態度、考え方が娘の茜を家出させたのだと思う。まず、二人とも、冷静になって反省してほしい。その状態では、茜を連れ帰っても、不幸な目に遇わせることになりそうだ」

「…………」

「いいかな。盛兵衛殿、美代殿、二人とも娘の気持ちを無視して、縁談を押しつけるのはやめなさい。そうでなければ、茜は戻って来ませんぞ」

盛兵衛がしかめ面をした。

「とはいえ、お武家様には親として承諾の意向を申し上げてしまいました。相手様もすっかり結納《ゆいのう》の支度も整えて……」

「私は承諾していません。旦那様が勝手に……」

美代がむっとした顔でいった。

「おまえがそういう態度だから、茜も……」

文史郎が盛兵衛を手で制した。

「待ちなさい。二人とも、まず縁談を白紙に戻しなさい。そうすれば、茜も家に戻る気持ちになるだろう。いまのままでは、茜を見付けても、とても茜が戻るとは思えない」

「白紙に……とんでもない。そんなことをしたら、結納金として納めた二千両……」

「二千両？　旦那様、そんな大金を相手様に渡してしまったのですか」

「……白紙にしたら、その金を戻してはくれまい」

「まあ、旦那様、だからいったでしょ。私たちに内緒でそんな勝手な真似をするから、茜が反発して、家出したのですよ」

文史郎は頭を振りながら、盛兵衛と美代にいった。

「ともあれ、破談にしなさい。その上で、娘の茜と膝を交えて、話し合うことです。それができないようであれば、茜は戻らないと覚悟することですな」

盛兵衛が文史郎に向き直った。

「相談人様、ちょっとお待ちください。あなたたちには、なんとしても茜を捜し出し、連れ帰ってほしい、とお願いしたのですぞ。そのために金子《きんす》までお渡ししてある」

「分かっておる。だが、いまの話をきいていると、茜を見付けて、無理に連れ戻してもいいものかどうか……。却《かえ》って茜を不幸にしてしまうように思うがいかがかな」

「それは、私たち親子の問題でございましょう？　私たちの親子のことに、余計な口出しはしないでいただきたい」

文史郎はうなずいた。

「うむ。では、我々はこの仕事から手を引こう。預かった金子は、そっくりお返ししよう。爺、金子を」

文史郎は左衛門に顎をしゃくった。

左衛門は懐から財布を出した。

「少々お待ちくだされ。預かった二十五両のうち、茜殿を捜すために、あれこれと使った実費は引かせてもらいますからな」

左衛門は財布を開け、畳の上に残りの金子を落としていった。

「まだ十五両ほどの金子はあるはず」

「ほう。わずか数日間で十両も使ったというのですか」

盛兵衛は畳の上の金子にちらりと目をやった。

「権兵衛殿にもお金を渡してあるのですが」

「それは権兵衛に請求してくれ。我らは知らぬ。では、邪魔したな」

文史郎は、さっと立ち上がった。

「爺、團十郎、引き揚げるぞ」

左衛門も立った。部屋の隅に座っている團十郎にも、めくばせした。

團十郎は無言のまま、もそっと立ち上がった。

文史郎は左衛門と團十郎を従え、廊下に出た。

帳場に差しかかると、大番頭の定吉と用心棒の侍が怪訝な顔で文史郎たちを迎えた。

文史郎たちのただならぬ気配に定吉は狼狽《うろた》えた。

「いかがなさいました?」

左衛門が文史郎に代わって答えた。

「茜殿を捜して連れ戻す仕事は降りることにした」

「な、なぜです?」

「旦那様に尋ねてみることだな。わしらは、以後いっさい関わらぬ」

左衛門は不機嫌な声で答えた。

文史郎は店の式台に腰を下ろした。丁稚《でっち》が急いで運んで来た雪駄を履く。團十郎も左衛門も無言のまま帰る支度をした。

廊下から衣擦れの音がきこえた。慌ただしくお内儀の美代が現れた。

「相談人様、ちょっとお待ちくださいませ」

「何かな？」

美代が左衛門と文史郎にいった。

「旦那様は、ああ申していましたが、私が代わってお頼みします。なんとか、引き続き、茜を捜して連れ戻していただきたいのです」

文史郎は頭を振った。

「お内儀、いまのおぬしたちの様子では、茜を連れ戻しても、決していいとは思えない。茜を不幸にするだけだ。だから、手を引くといったのだ」

「いえ、今度という今度は、私の自由にさせていただきます。茜のためなら、私、なんでもします。もちろん、厭だというのなら、縁談は白紙に戻します」

「しかし、ご亭主が進めている縁談もある」

「私が破談にします。なんといっても、茜をお妾さんなんかには送り出しません。もし、亭主がそうするなら、私から三行半《みくだりはん》を突き付け、娘ともども浪速の実家に帰らせていただきます。ですから、相談人様たち、お願いいたします。娘を無事に連れ帰ってくださいい。あとのことは、私がちゃんといたしますゆえ」

美代は式台に平伏した。

「後生《ごしょう》です。なんとか、娘茜を……お願いいたします。これこの通り」

美代は式台に額を擦り付けた。

大番頭の定吉と用心棒は呆然と美代を見守っていた。

文史郎は、左衛門と團十郎にいかがいたそうか、と顔を見た。

左衛門はだめですと顔を左右に振った。

團十郎は引き受けましょうとうなずいた。

文史郎は決心した。乗りかかった船だ。茜の無事と、これからの人生を見守りたい。

「いいでしょう。お内儀がちゃんと対応するならば、引き続き、茜を捜しましょう」

「殿、安請け合いは……」

左衛門は文句をいおうとした。

文史郎は左衛門を手で制した。

「いい。人助けだ。金には代えられぬ」

「殿、それがしも……」

團十郎が赤い顔で何かいいかけた。

「相談人様、この五両を御遣いくださいませ」

美代は懐から紙に包んだ小判五枚を取り出し、文史郎の前に差し出した。

「お内儀」

「へそくりとして貯えたお金です。少ないとは思いますが、とりあえず、これでお願いいたします。茜を無事連れ戻していただければ、必ず、お約束のお金はお払いいたしますゆえ、なにとぞ、お願いいたします」

左衛門がじろりと文史郎を見た。

「分かった。金子を頂こう。茜を捜し出せなかったら、お返しいたす」

文史郎は美代にうなずいた。

左衛門は、当然のように金子に手を延ばし、懐の財布に入れた。

「よろしう、お願いいたします」

美代は深々と頭を下げた。後ろで大番頭の定吉も頭を下げていた。用心棒の河原崎は腕組をし、我関せずという顔で、そっぽを見ていた。

文史郎は團十郎を従え、店の外に出た。左衛門が美代と定吉に送られて外に出て来た。

雪雲は退散し、寒空から陽が差していた。

「親子の間が、うまくいけばいいのだがな」

「殿、これ以上、他家の事情に口を挟むのはおやめいただかないと」

「わしの性分として、それができぬから困るのだ。だが、團十郎、相談人の仕事、おもしろいだろうが？」

「はい。勉強になり申す」

團十郎はめずらしくはっきりと答えた。

團十郎の悩みは何か分からぬが、他人の人生に関わり、それを自らの考えの糧《かて》にすれば、きっと自らの悩みも自力で解決する。文史郎はそう思った。

悩みは人を大きくする。

悩め、團十郎。

文史郎は白い息を吐きながら、蔵前の通りを歩き出した。左衛門と團十郎が無言でついて来る。

第四話　雪降る日

一

文史郎は正面から打ち込んでくる門弟の竹刀を受け流し、時折、隙《すき》を見付けて、竹刀を送り込んでいた。

道場は若い門弟たちの気合い、掛け声、床を踏み鳴らす音、竹刀で打ち合う音で活気に満ちていた。

門弟たちの稽古着から湯気が立っている。

「殿！　殿！　てえへんです」

道場の玄関先から、慌ただしく音吉《おときち》が走り込んで来た。音吉は、文史郎が使う船頭で密偵の玉吉の下で働く小者だった。

「待て」

文史郎は打ち込んできた門弟の竹刀を撥ね上げ、手で相手を止めた。

「稽古はやめだ」

文史郎は竹刀を脇に納め、稽古相手の門弟と礼を交わした。

文史郎は急ぎ足で式台に歩んだ。

「殿様、お妙さんが攫われました」

音吉は息急《いきせ》き切っていった。

「なに？　お妙が攫われただと？」

音吉は式台に座り込んだ。

「へい。いま玉吉兄貴たちが、お妙さんを攫った男たちを追っています。至急にお殿様に伝えろということで、あっしがこちらに来ました。猪牙舟《ちょきぶね》を近くに回してありやす」

「よし。すぐ支度をする。待て」

「へい」

「弥生！　爺、大門」

文史郎は弥生と左衛門、大門に手を挙げた。弥生も左衛門も大門も事を察して、すでに稽古をやめていた。

「すぐに出る。支度せい」

文史郎は稽古半袴はそのままにし、稽古着を脱ぎ、急いで小袖に着替えた。手拭いで胸や首筋の汗を拭う。

「しばしお待ちを」

弥生は奥に駆け込んだ。左衛門は、その場でゆっくりと着替えを済ました。

「團十郎はいかがいたします？」

大門が訊いた。

團十郎には万が一を考え、まだ刀を返していない。

「丸腰の團十郎は連れては行けない。ここで待て」

「殿、ご無体な。それがしも連れて行ってくだされ。得物《えもの》はこれで十分でござる」

團十郎も稽古着から小袖姿になり、半袴姿になっていた。手には木刀を握っていた。

「大門、團十郎の腕は？」

「それがし、保証します。木刀一本で十分でござる」

大門はにやりと笑った。

「お待たせいたした」

奥から若侍姿の弥生が走り出て来た。大急ぎで支度をしたらしく、長い髪は後ろで束ねて結い、背に流している。

弥生は高弟たちを指名した。

「松井《まつい》、芝田《しばた》、荻《おぎ》、私が帰るまで、稽古は任せる。いいな」

「はいッ」

指名された高弟たちは元気良く返事をした。

「行くぞ」

文史郎は雪駄《せった》を履き、音吉とともに真っ先に外へ飛び出した。文史郎のあとを、左衛門と弥生が続き、大門、團十郎が走る。堀割の船着き場には猪牙舟が停まっていた。舟の上に音吉の姿があった。

舟が浅草に着くと、文史郎は真先に船着き場に飛び降りた。

文史郎は弥生たちとともに雷門を潜り抜け、仲見世通りの雑踏に駆け込んだ。

文史郎たち六人が一団となって走る勢いに、参拝客たちは慌てて左右に分かれ、道を空けた。

小梅やの店前には、野次馬の人だかりができていた。捕り手たちが縄を張り、野次馬の整理をしている。

　店の中で奉行所の定廻り同心小島が店の者に事情をきいていた。忠助親分と下っ引きの末松が小島の傍らに控えていた。

　お妙を見張っていた玉吉の姿はない。文史郎は音吉にいった。

「玉吉を探せ」

「へい」

　音吉はうなずき、野次馬の外に出て行った。

　文史郎たちが縄を持ち上げ、店の中に入ろうとすると、忠助親分が飛んで来た。

「あ、お殿様、どうしてこちらに?」

「知らせがあった。お妙が攫われたのか?」

　文史郎は大声で小島に訊いた。

「はい。お殿様、さようで」

　小島は文史郎をはじめ、弥生、大門、左衛門、團十郎の面々が顔を揃えていたので面食らった顔をしていた。

「どういう事の次第だったのだ?」

「白昼堂々と四人組の男たちが、店に押し入り、お妙を攫って行ったそうです。とんでもない野郎たちで」

　年増の仲居と、お妙の姉のおきみが上がり框《かまち》に座り込んでいた。二人とも顔を殴られたらしく、濡れ手拭いを傷痕にあてていた。店のほかの仲居たちが二人の手当てをしていた。

　文史郎は屈《かが》み込み、おきみに尋ねた。

「お妙を攫った男たちに見覚えはあったか？」

「いえ。初見《しょけん》のお客でした」

「どんな連中だった？」

「はい。四人の男たちで、三人は侍、一人は下っぱの使い走りのようでした」

「侍の風体は？」

「格好から見て浪人者でした。不精鬚《ぶしょうひげ》を生やし、月代《さかやき》は剃っておらず、髷《まげ》は結ってあるものの、頭髪はぼうぼうに伸ばしていました」

「お妙を見知っていた連中か？」

「どうやら、下っぱの町奴が知っていたようです。その町奴が浪人者たちに、あの娘がお妙だといっていましたから」

「どうやって、お妙を連れ出したのだ？」

「はじめ、お茶を所望していたんです。お妙がお茶を運んで行くと、いきなり、浪人たちは怒声を上げ、お妙の手首を摑み、外へ引きずり出そうとしたのです」

「それで？」

「お妙が浪人者を突き飛ばして店の奥に逃げ込んだんです。それで、私と仲居のおさきさんが、何をするのって、お妙を庇《かば》ったら、浪人たちは薄笑いを浮かべながら、このアマと、私たちに腕を振るったのです。殴られ、気を失いかけたけど、がんばって、浪人の一人の腕に嚙み付いたんです。そうしたら、何発も殴られ、立てなくなった」

「うむ。それから？」

「浪人たちは、高笑いしながら、お妙を引き立て店の外に出て行ったんです。慌てておさきさんといっしょに男たちのあとを追って外に出たら、また町奴や浪人たちに殴る蹴るの乱暴を働かれて、へたってしまった。男たちは、その間にお妙を連れて引き揚げて行ったんです。口惜しいったらありゃしない。助けてと叫んでも誰も助けてくれないんですよ」

　おきみは歯軋《はぎし》りして口惜しがった。

「その連中は、どっちに行った？」

「浅草寺の裏手の方です。早くお妙を助けてください」

「裏手といえば、吉原《よしわら》の方か？」

「はい。おそらくそうだと」

文史郎は顔を上げ、小島に声をかけた。

「小島、お妙を攫った連中は、裏手の吉原方面に逃げた。まだ遠くへは行くまい。至急に捕り手たちに追わせろ」

「了解です。忠助親分、みんなを集めろ」

小島は、集まった忠助親分や捕り手たちに手分けして聞き込みをしながら追えと命じた。

忠助親分たちは下っ引きや捕り手たちを連れて飛び出して行った。

「爺、大門、どこかに玉吉たちがいる。音吉を捜して玉吉を追え」

「了解」

左衛門は大門、團十郎に顎をしゃくり、店の外に飛び出した。

文史郎はおきみに尋ねた。

「お妙を連れ出すときに、浪人どもは何かいっていなかったか？」

「『茜は、どこにいる？　教えないと酷い目に遇わせるぞ』と大声でお妙に訊いていました」

文史郎は弥生と顔を見合わせた。

「やはり、茜がらみか」

「文史郎様、茜さんがいなくなった事情を知っている者は限られましょう。ひょっとすると、扇屋に関係する者のしわざでは？」

「うむ」

文史郎はおきみになおも訊いた。

「ほかに何かいっていたか？」

「……この生娘は上玉だ。口を開かなかったら、自分たちで可愛がってやろうぜ、と。お願いです、お妙をなんとか助けて」

「よし。分かった。心配するな。弥生、行くぞ」

「はいっ」

文史郎は弥生を伴い店の外に駆け出した。

二

文史郎は弥生とともに、浅草寺の境内に走り込んだ。

境内の参道には、参拝客が並んでいる。忠助親分たちが、その参拝客たちに聞き込みをしていた。

「弥生、こっちだ」

文史郎は足早に本堂の裏手に向かって急いだ。

本堂の裏手には、念仏堂や護摩堂《ごまどう》、さらに僧院や庫裏《くり》の建物がある。

さらに裏手の塀が見え、裏口の木戸が見える。大門や左衛門、團十郎が探索する姿があった。

文史郎は立ち止まった。

お妙を連れた犯人どもは、どこへ逃げたか？　境内は人目につく。一刻も早く、境内から出ることを考えるだろう。

左手には、八幡宮や文殊菩薩堂《もんじゅぼさつどう》などの宮が並んでいる。参拝客たちも大勢ぶらついている。お宮の並んだ後ろには高塀があり、その塀越しに幸龍寺《こうりゆうじ》の甍《いらか》が見える。

女連れでは、あの高塀を越えるのは難しかろう。

一方、右手はどうなっているか？

右手には三社権現《さんじやごんげん》の社《やしろ》があり、その裏は生け垣が生えている。

生け垣なら越えやすかろう。

「弥生、あっちを探そう」

文史郎は本堂の裏を巡り、右手の生け垣に走り出した。弥生も付いて来る。

生け垣の頭越しに、寺院が見えた。

「殿」

生け垣の向こう側から音吉の声がきこえた。

「こっちでやす」

生け垣の所で音吉が手を振っていた。

「こっちでやす。来てくだせい」

音吉は手招きした。文史郎は生け垣沿いに木戸口を探して巡った。すぐに人ひとりが抜けられそうな生け垣の切れ目が見つかった。

文史郎と弥生は生け垣の切れ目を抜け、通りに出ると、音吉がしきりに路面に目を凝らしていた。

「音吉、何をしている？」

「印でさあ。あった、こっちだ」

音吉は地面から、小さな紙縒《こよ》りを摘《つま》み上げた。

「玉吉兄貴が尾行しながら残した印でやす。これを辿れば、玉吉兄貴がいる場所が分かる。こっちでやす」

音吉は紙縒りの先が示していた方角を指差した。

寺院と寺院との塀の間に小道があった。紙縒りは、その小道にも落ちている。

「殿ぉ」

後ろから大門の声がきこえた。

「こっちだ」

文史郎は振り返り、大門たちに来いと手招きした。

そのとき、小道の先で怒声が起こるのがきこえた。玉吉の声だ。

「兄貴！」

音吉が駆け出した。文史郎と弥生も、音吉のあとを追った。

両脇の寺院の塀が終わったところに、荒れ果てた廃寺《はいじ》が見えた。半壊した土塀に囲まれた境内は、草ぼうぼうの荒地になっていた。その荒地で、玉吉が匕首《あいくち》を構え、三人の男たちと渡り合っていた。

二人は浪人者の侍たち、一人は町奴風の荒くれ者だった。

「玉吉、加勢に参ったぞ」

文史郎は怒鳴り、崩れた土塀を飛び越し、境内に駆け込んだ。

「おのれ、邪魔するか」

二人の浪人者は、向き直り、文史郎と弥生に刀を向けた。

「殿おお。ご加勢に参りましたぞ」

左衛門が怒鳴り、大門、團十郎が駆けて来る。

「引け、引け」

浪人者たちは刀を引いて、後退した。突然、三人は身を翻《ひるがえ》して逃げ出した。

「待てえ」

大門と團十郎が彼らを追って境内を駆けて行った。

「兄貴」音吉が玉吉を抱え起こしていた。

文史郎は玉吉に駆け寄った。

「玉吉、大丈夫か」

玉吉は腕や胸を斬られて血を流していた。

「これくれえ、でえじょうぶでさあ。それよりも、荒れ寺ん中にお妙さんが……」

「弥生、行くぞ」

いわれるよりも早く弥生の軀が動き、廃寺の本堂の縁側に跳び上がった。

「お妙さん！」

弥生は半ば壊れた扉を押し開け、本堂の中に姿を消した。

いかん。浪人者がもう一人いる。

文史郎は弥生といっしょに、本堂に走り込んだ。

薄暗い本堂の床に縄で縛られたお妙が横たわっていた。帯は解かれ、鮮やかな緋縮《ひぢり》緬《めん》の着物の裾から太股の白い肌が見えた。裏口から浪人者の姿が走り出た。

「弥生、お妙を頼む」

文史郎は怒鳴り、浪人者を追って裏手に駆け出た。

後ろから團十郎が付いて来るのが分かった。

本堂から出ると、土塀を越えて、逃げていく浪人者が見えた。

「それがしが追います」

團十郎はすかさず飛び出して侍を追った。

「逃げ足の速い野郎だ」

左衛門が息を切らしながらいい、刀を腰に納めた。

「文史郎様、お妙殿が……」

弥生の声がきこえた。

お妙は泣き伏していた。

弥生はお妙の背に手を回し、慰めた。

お妙はしきりに緋縮緬の着物の裾の乱れを気にしていた。

「みんな、男は外に出て！」

弥生の憎しみのこもった鋭い声が上がった。

文史郎は左衛門、大門に出ようと顎をしゃくった。

外に出ると、音吉に肩を借りた玉吉が立っていた。

「お妙さんの様子は？」

「弥生が看《み》ている」

玉吉は頭を振った。

「間に合わなかったでやす。野郎たちがお妙さんを手籠めにしようとしていたんで、あっしが飛び込んで助けようとしたんでやすが……畜生め」

「命が助かっただけでもめっけものということだ」

崩れた土塀の向こうから、木刀を持った團十郎がとぼとぼと戻って来た。

「どうだった？」

「逃げ足の速いやつです。大川の岸まで追ったんですが、用意してあった猪牙舟に乗り込んで逃げました」

團十郎は口惜しそうにいった。文史郎は團十郎を労《ねぎら》った。

「そうか。ご苦労だった」

「弥生殿は？」

「お妙の手当てをしている。いまは堂内に入らぬことだ」

文史郎は苦々しくいった。

團十郎は、ちらりと廃寺の本堂を見たが、それ以上は何もきかなかった。

三

文史郎は廃寺の本堂を睨みながら、左衛門や大門にいった。

「さきほど、小梅やで姉のおきみからきいた話では、お妙を襲った連中は、茜がどこにいるか、とお妙を問い詰めていたそうだ」

「ということは、連中は茜殿がどこかに身を隠していることを知っているのですな」

「そうだ。茜が姿を隠していることを知っているのは、限られた者たちだ。扇屋盛兵衛が、そのことを話した相手、扇屋の人間、あるいは店に出入りしている者、ということになる」

「殿があたった大槻加門の線もありますぞ」

　左衛門がいった。文史郎はうなずいた。

「うむ。おくにに付きまとった若衆もいるな」

　團十郎が浮かぬ顔で文史郎に話しかけた。

「殿、先ほどの逃げた浪人者でござるが、どうも、見覚えがある男のような気がしてならないのですが」

「ほう。誰だ？」

「浪人者が舟に乗り込んだとき、それがしと目があったのでござる。そのとき、やつは慌てて顔を背《そむ》けた。だが、あれは扇屋で見かけた浪人者ではないか、と」

「用心棒か？」

「はい。用心棒によく似ていました」

　文史郎は首を傾げた。

「用心棒は、たしか河原崎とか申しておったな」

「扇屋の用心棒ならば、茜殿の失踪を知らないことはないですな」

　左衛門が唸るようにいった。

「殿、我々が盛兵衛の依頼を断ったあと、盛兵衛は用心棒に命じて、お妙を襲わせたのでは？　娘の茜殿の居場所を知るために」

「しかし、お妙の名は誰からきいたのであろうか？」

左衛門が訝った。大門が口をはさんだ。

「小番頭の和助ではないですか？　和助はそれがしたちといっしょに小梅やを訪ねていて、お妙について聞き込んでいる。和助は店に帰ったら、すぐに盛兵衛に報告するのではないかと思いますが」

「もし、やつらが盛兵衛の用心棒だったら、なおさらのこと許せぬ。お妙から聞き出すにしても、あろうことかお妙を手籠めするとは……」

文史郎は腕組をし、宙を睨んだ。扇屋の店先にいた用心棒の浪人者河原崎を思い浮かべた。顎が張った厳《いか》つい顔の男だった。着流し姿で帯に太い太刀を佩《は》いていた。

「殿、弥生殿が」

左衛門が文史郎に注意を促した。

弥生が廃寺の本堂から姿を現した。いつになく強《こわ》ばった顔をしていた。

「文史郎様、お妙さんがお呼びです。すぐにお話ししたいことがあるそうです」

「うむ」

文史郎は組んでいた腕を外した。

弥生はそれだけいうと本堂に引っ込んだ。

文史郎は縁側に上がり、半壊した扉の間から本堂の中に入った。

薄暗い本堂に鎮座する弥勒菩薩《みろくぼさつ》像の前に、お妙が座っていた。傍《かたわ》らに弥生が付き添っている。

「お妙、大丈夫か？」

ほかに慰めも労《いたわ》りの言葉も、頭に浮かばなかった。

文史郎はお妙の前に胡坐をかいて座った。

「大丈夫ですといったら、嘘になります。すぐにお家に帰って真っ先に湯を浴びて身を清めたいと思っております」

お妙は目を腫らしていたが、気丈にも毅然とした態度でいった。

「なんといったらいいのか……。申し訳ない。いま少し早く駆け付けておれば、おぬしを助けることができたのに……」

「ぜひ、お殿様にお話ししたいことがございます」

「何かな？」

「あの汚《けが》らわしい男に茜さんの居所をいえと迫られたとき、最後までいわぬよう我慢していたのですが、つい堪りかねて、白状してしまったのです」

「それは仕方あるまい」

「お願いです。茜さんの居所をお教えしますので、茜さんを助けてほしいのです」

「分かった。茜はいずこに居るのだ？」

「築地の鉄砲洲《てつぽうず》です。茜さんは築地の鉄砲洲にある救護院《きゆうごいん》で働いています」

文史郎は弥生と顔を見合わせた。

築地の救護院の噂はきいている。幕府のお声がかりで創られた貧民救済の施設の一つだ。

「そこで茜は何をしておるというのだ？」

「看護のお仕事です。病気の患者さんを看護したり、親のいない子供たちの面倒を見たりしているのです」

「そうだったのか。しかし、なぜ、茜は、そんないい仕事をしているのを隠しているのだ？」

「茜さんは、そこで働いている若い蘭医見習いの先生をお慕い申し上げているのです」

「その蘭医見習いの男の名は？」

「陽之助《ようのすけ》様、真田《さなだ》陽之助様と申されていました」

「その陽之助は、どこの出だ？」

「陸奥《むつ》の庄内藩《しょうないはん》の貧しい足軽の家柄です。次男坊のため家を継げず、将来の蘭医をめざして、郷里を出てから長崎《ながさき》に行ったそうです。そこで三年にわたり、異国人の蘭医に弟子入りして、修業して江戸に戻った。いまはまだ蘭医としては未熟なので修業のため、救護院で働いておられる」

「貧乏医師だな。それも見習いの身分では、生活も厳しいな」

「父親の盛兵衛様も母親の美代様も、茜さんの婿《むこ》に迎え入れることはまずないだろう、と茜さんは覚悟しています」

「そうか。それで茜は出奔したのか」

「はい。茜さんはどんなに親や周りが反対しようと、貧乏医師見習いの陽之助様と添い遂げたいと決心しています」

「苦労するぞ」

「それも覚悟の上とのことです。茜さんは親たちが高利貸しで貧乏人からお金を搾《しぼ》り取っている、その償《つぐな》いをしたい、と考えているのです。それには貧乏医師を救《たす》けて、小さくてもいいから、いずれ医院を開業し、貧しい人たちの面倒をみようとしているのです。業突張《ごうつくば》りな親に代わって罪滅ぼしをしようとしているのです」

「なるほど。分かった。茜が盛兵衛からせしめた百両は、その生活費だったのだな?」

「いえ。貧しい救護院は、転がり込んで来る貧乏人の患者たちを救うお金が足りません。それで、急遽《きゆうきよ》百両を入れて、患者さんや孤児たちの食事代にしたのです」

「そうだったのか。で、いずれ必要になるだろう、という五百両は?」

「陽之助様が先生から蘭医として認められるために、必要なお金です。蘭医として認められれば、江戸か地方のどこででも医院を開業できるというのです。そのお金をなんとか手に入れたいと、茜さんは思っているのです」

「よし。分かった。詳しい話はまたあとにしよう。まずは茜を助けねばならない」

「お願いいたします。茜さんをあの男たちからお守りください」

お妙は文史郎に頭を下げた。

「よし。弥生、お妙を頼む。お妙を無事、店に届けてくれ。我らは築地の救護院に駆け付ける」

「承知しました。それがしも、お妙さんを店に届けたら、あとから駆け付けます」

弥生はうなずいた。

文史郎は立ち上がり、廃寺の本堂から外に飛び出した。

「殿、お妙殿の具合は？」

左衛門が立ち上がった。大門も團十郎も心配そうな顔で文史郎の周りに集まった。

「お妙は気丈ないい娘だ。大丈夫だ。いまはつらいだろうが、きっと立ち直る。それよりも茜の居場所が分かった。やつらも駆け付けるだろう。我らも急ぎ、駆け付けよう」

「どこです？」

「築地鉄砲洲の救護院だ」

文史郎は、玉吉と音吉に向いた。

「玉吉、船を用意いたせ」

「分かりやした。音吉、船頭のみんなを呼べ」

「でも兄貴、でえじょうぶでやすか？」

「なんの、このくらいの傷ですたるような俺じゃねえ。音吉、先に行って屋根船を寄越せ」

「へい、合点だ」

音吉は玉吉から離れて、大川の方角に駆け去った。

文史郎は左衛門、大門、團十郎を見回した

「お妙からきいたことは、船に乗ってから話そう。急げ」

文史郎は大川の船着き場に急ぎながら空を見上げた。

雲で日は陰っていたが、まだ夕暮までには時間がある。

四

寒空の下、大川はゆったりと流れている。

文史郎たちが大川端の船着き場に行くと、音吉がそこにいた船頭仲間に頼み、屋根船を一艘用意しておいてくれた。

文史郎たちは急ぎ屋根船に乗り込んだ。

船頭仲間たちが船尾で櫓を漕《こ》ぎはじめた。

屋根船は大川の流れに乗って、ゆっくりと下りはじめた。

冬の川面を吹く風は凍《こご》えるように冷たい。

屋根船の中には火鉢が三つ置かれ、炭火がかんかんに焚かれていた。障子窓も閉めてあるので風は入らず、船の中はほんのりと暖かかった。

「やあ。これはありがたい」

大門も左衛門も、さっそくに火鉢の炭火に手をかざして暖を取った。

「團十郎も遠慮するな」

文史郎も火鉢の炭火に手をかざしながら、團十郎に火鉢に寄るようにいった。

「はっ」

團十郎はうなずいたが、火鉢には寄らず、木刀を抱え込むようにして胡坐をかいた。

三つ目の火鉢には、怪我をした玉吉と音吉が座り、火にあたっている。

音吉が船頭仲間から聞き込んだことによると、四人の男たちを乗せた二艘の猪牙舟は、小半刻ほど前に大川を下っていた。

冷えた川風の吹く中、吹きっ晒しの猪牙舟で川下りをする客は辛い。小半刻でも、軀はすっかり冷えきってしまう。舟を降りてもすぐには動きが取れず、どこかで暖を取り、軀を温めねばならなくなる。

「殿様、でえじょうぶですよ。やつら、いくら先に出ても、軀が冷えきって、すぐには動けない。やつら、きっとどっかで火にあたり酒でもひっかけていますぜ」

玉吉は音吉の手当てを受けながら笑った。

文史郎は玉吉の思惑《おもわく》に賭けた。賭けずとも、川の上ではじたばたしても始まらない、と腹を括《くく》った。

「それで、殿、お妙殿は、どのような話をしたので？」

左衛門が文史郎にきいた。

大門も身を乗り出した。團十郎も文史郎を見つめた。

「うむ。それだ。やはり茜は駈け落ちしたのでも攫われたのでもないと分かった」

文史郎はお妙からきいた話を、みんなに話してきかせた。

左衛門は腕組をし、唸るようにいった。

「ううむ。そうでござったか。茜殿は恋い慕う見習い医者を手伝い、窮民救済活動に身を投じていたのか。高利貸しで悪名高い盛兵衛の娘とは思えない娘ですなあ」

大門もうなずいた。

「親があんな親だから、娘の茜は反発して家を飛び出し、好きな男に走った。よくあることではあるが、いい話ですな。茜の想いや夢をなんとか成就させたいですな」

文史郎は玉吉を振り向いた。

「玉吉、築地の鉄砲洲にある救護院というのは存じておるか？」

「へい。鉄砲洲川の河岸に、幕府の肝煎《きもい》りで創られた医院があるときいてやす。なんでも、そこで蘭医を育て、同時に生活に困った年寄りや親のいない子供を引き取って養っているという話でやす」

築地には本願寺《ほんがんじ》がある。その本願寺を取り囲むように掘割の築地川があり、その築地川から何本かの掘割が大川河口部に延びている。

そのうちの一本が鉄砲洲川と呼ばれる掘割だ。鉄砲洲川は江戸湊《みなと》の渡し場から入り、突き当たると南に曲がり、真直ぐに明石橋《あかしばし》まで延び、築地川につながる。

鉄砲洲川の両河岸には、細川《ほそかわ》家や松平《まつだいら》家、中川《なかがわ》家などの屋敷が並んでいる。幕府は、それらの屋敷のひとつを召し上げ、救護院の施設としていた。

「評判はどうだ？」

「そりゃあ、貧乏人には救いの神様でしょう。悪い評判なんか立つはずがない」

「兄貴、だけど、最近、その救護院が立ち退《たの》きを迫られているという噂でしたぜ」

音吉が火鉢に手をかざしながらいった。

文史郎は訝った。

「立ち退きだと？　幕府が創った施設なのだろう？　幕府が方針を変えて立ち退きを要求しておるというのか？」

「へい。噂では、幕府は鉄砲洲の河岸に、外国人居留地を造る計画なんだそうで。鉄砲洲は江戸湊だし、将来は異国船もたくさん出入りするようになるってえんです。外国人も大勢住むことになるので、救護院を立ち退かせようというらしい」

「そういうことか」

「いままでは、幕府から救護院に金が出ていたけれども、幕府の財政も苦しくなり、救護院は金持ちの商人たちから資金を拠出してもらおうって話になっていたと思いますよ」

「ふうむ」

文史郎は考え込んだ。

茜が慕う見習い医師の陽之助も、いずれ救護院を出なければならない日が迫っているということか。

「そろそろ鉄砲洲川に入りやす」

舳先《へさき》に立った船頭が障子越しに告げた。

玉吉はがらりと障子を開けて、舳先にいる船頭に声をかけた。

「よし。佐太《さた》やん、救護院を知っているかい」

「へい。知ってやす。築地救護院でやしょう?」

「そうだ。どっち岸にある?」

「左岸でさあ」

佐太は手で左の岸を差した。

左の河岸には、低い土塀が延びている。途中、ところどころで土塀は切れて間が開いている。そこが船着き場になっていた。

船着き場は石段ではなく、船から荷物を陸揚げし易いようになだらかな傾斜の坂になっていた。

「その築地救護院の船着き場に着けてくれ」

「分かりやした」

佐太は船尾の漕ぎ手にあれこれと指示を飛ばした。

文史郎は開けた障子の間から、鉄砲洲川の様子を窺った。

掘割を行き交う舟の姿はあるが、浪人者たちの乗った猪牙舟は見当たらない。

大門も左衛門も、行く手にじっと目を凝らした。

開け放った窓から、川面を渡る風が吹き込んで来た。潮の匂いも鼻につく。

「あれでやす」

船頭の佐太が左岸に建つ黒々とした甍の屋敷を指差した。船着き場には何艘もの猪牙舟が横付けされ、右往左往する人影が見えた。

文史郎は屋根船の部屋から出て舳先に立った。團十郎が文史郎に続いた。

「いかん、遅かったか」

文史郎は呟くように唸った。

屋敷の庭では、白衣を着た男や女が、子供たちや老人たちを集めて何ごとかを話している。

黒い羽織姿の役人や尻端折りした目明かし風の男たちも混じっていた。

屋根船は船着き場に舳先を着けた。佐太が岸に跳び移り、舫《もや》い綱《づな》を引いて杭に括り付けた。艫《とも》の船頭たちも綱を投げ、船を横付けにする。

文史郎はひらりと岸に跳び移った。続いて團十郎が移る。大門、左衛門、玉吉、音吉と次々に上陸した。

「殿、こんなところにも、御出でになられたのですか」

黒い羽織に着流し姿の役人は定廻り同心の小島啓伍だった。

忠助親分と末松も駆け寄り、頭を下げた。

「おぬしたちこそ、どうして、ここに？」

「忠助親分たちが、出奔した茜はこちらの救護院で働いているというのを聞き込んだんですよ。それで、それがしが確かめに訪れたところでしたが」

「そうだったのか。ところで、これはなんの騒ぎだ？」

「我々が屋根船でこちらに参る直前に、五、六人の男たちが救護院に押し込み、乱暴狼藉を働き、なんと茜を拉致して逃げたというのです。それで、その男たちの人相風体について、救護院の人たちに聞き込んでいたところでした」

「おのれ、遅かったか。わしらは、その男たちを追って、ここへ参ったところなのだ」

文史郎は憮然としていった。

「そうでございましたか」

「ところで、押し込んだのは五、六人と申したな。四人組ではないのか？」

「五、六人だったそうです。ほかに船頭たちも屋根船に待機していたとのこと」

「なに？　猪牙舟でなく、屋根船で乗り付けたというのか？」

文史郎は左衛門と顔を見合わせた。

茜を拉致するとしたら、猪牙舟では目立ち過ぎる。やはり障子戸で外から船内が見えない屋根船の方が拉致には適している。

「やつら、四人のほかに仲間がいたんだ。その仲間が屋根船で、どこかに待機していて、四人組と合流した。そして、救護院に押し込んだ」

「だとすると、よほど事前から計画を練っていたのに違いない」

左衛門は唸った。

「それから、聞き込みで分かったことが一つあります。茜は人攫いの一人と面識があったようです」

「ほほう？」

「いっしょにいた看護師によると、茜は、その侍を見たとたん、『あなた、うちの用心棒じゃないの』と叫んだそうです」

文史郎は團十郎と顔を見合わせた。

「團十郎、おぬしのいう通りだったな。用心棒の河原崎が一枚嚙んでいたのだな」

「ということは、盛兵衛の命令で、用心棒の河原崎たちはお妙を襲い、ついでここに乗り込んで茜殿を奪還したということですな。盛兵衛はなんという強引なことをしでかしたのか」

左衛門は苦々しくいった。

大門も團十郎も憮然として考え込んでいた。

文史郎は思い出したように左衛門にいった。

「まだ遠くへは行くまい。やつらは扇屋に戻るか。それとも、どこか隠れ家にでも茜を連行するのか。爺、玉吉たちに探索させよう。屋根船を操る船頭は、そう多くはない。聞き込めば、人攫いたちをどこまで乗せたか、分かるかもしれない」

「さようですな。では、すぐに玉吉にいいましょう」

左衛門は玉吉を呼んで人攫いたちを追うように指示した。

「へい。合点です」

玉吉は文史郎と小島に一礼し、音吉を連れて船着き場に戻って行った。

文史郎は小島に向き直った。

「こちらに真田陽之助という蘭医見習いがいるときいたが」

「おります。いま怪我の手当てをしているところです」

「怪我をしたのか」

「人攫いたちが茜を連れ去ろうとしたとき、必死に立ち向かったらしいのです。それで人攫いの一人に斬られた。それでも、なお打ちかかり、かなりの深手を負った」

「なんということだ」

「ここが蘭医の救護院でなかったら、手遅れになっていたでしょう。斬られたあとにすぐ手当てをしたので助かったようです」

「ほかに怪我人は？」

「ほかにも三、四人怪我をしていますが、いずれも軽傷でした」

「陽之助を見舞うことはできるかな？」

「院長の和田泰然《わだたいぜん》先生にきいてみましょう。院内にいらっしゃいます」

小島は案内するように、先に立って歩いた。

文史郎たちは、小島について、ぞろぞろと屋敷に入って行った。廊下はつんと鼻につく薬品の臭いがする。

かつての武家屋敷は大きく改装され、大広間や座敷が細かな部屋に仕切られていた。各部屋は畳の代わりに板張りの床が敷き詰められ、寝台が置かれていた。

寝台には虚《うつ》ろな目をした老人が横たわっていた。白衣姿の女性看護師たちが忙しく立ち回っている。患者たちに薬を飲ませたり、食事の面倒を見たりしている。

診療室と書かれた部屋の前に来ると、小島は扉をこつこつと叩いた。どうぞ、という声がきこえ、看護師が扉を開けた。

総髪の頭に黒い顎鬚《あごひげ》を生やした大柄な男が白衣姿で椅子に座っていた。

小島は白衣姿の男に挨拶し、文史郎を紹介した。

「殿、こちらの方が和田泰然先生です」

文史郎は名乗り、和田泰然に一礼した。

左衛門たちも、それぞれ自己紹介し、和田泰然に挨拶をした。

「陽之助殿の容体を伺いたいのですが」

「腕と胸を斬られ、だいぶ出血し、一時危なかったが、蘭方の医術で、一命は取り止めた。まだ若いし、体力があるから、あとは本人次第です」

「と申されると？」

「生きたいと思えば生きる。生きる気力がなくなれば死ぬ」

文史郎は考え込んだ。

「会えますか」

「…………」

和田泰然は顔をしかめた。

「どうしてです？」

「攫われた茜を、これから救い出しに行くところです。茜は、自分を救おうとして目の前で陽之助が斬られるのを見ている。きっと死んだと思っているでしょう。茜は陽之助が助かったとも知らず後追い自殺をするかもしれない。だから、陽之助殿に一目会って、生きているのを確かめ、大丈夫だったと茜に伝えたい」

「……話せませんよ」

「構いません」

「では、いいでしょう。病室に案内しましょう」

和田泰然は立ち上がり、こちらへ、といって歩き出した。文史郎たちは和田泰然についいて歩いた。

陽之助の病室は母屋を抜け、渡り廊下を越えた離れの部屋だった。

奥まった部屋の寝台に、陽之助は眠っていた。付き添いの女性看護師が立ち上がり、和田泰然を迎えた。

「どうかね。容体は？」

「お変わりありません。眠っておられます」

陽之助は丸顔の整った顔立ちの青年だった。額に濡れ手拭いを載せている。静かに寝巻の胸のあたりが上下している。

「何か譫言《うわごと》をいわれています」

「なんと？」

「……あかね、と」

「さようか」

和田泰然は頭を振った。文史郎が女性看護師に尋ねた。

「ほかには、何か？」

「時折、妙なことを口走っていました」

「どのような？」

「数字を譫言《うわごと》のように」

文史郎は左衛門と顔を見合わせた。

「和田泰然先生、それがし、声をかけてもよろしいか」

「あまり動揺させることでなければ、いいですよ」

文史郎はうなずき、寝台に近付いた。

「陽之助、茜からの伝言がある」

あかねという言葉に陽之助は閉じていた目をゆっくりと開けた。

文史郎は陽之助の耳元に何ごとかを囁いた。

陽之助はかすかに微笑んだ。

「おぬし、茜になんと返す？」

文史郎は陽之助の口元に耳を寄せた。

陽之助は口をゆっくりと動かして、何ごとかをいった。文史郎はうなずいた。

「分かった。そう伝えるから安心せい。死ぬなよ」

「…………」

陽之助の目から涙の滴《しずく》が頬を流れ落ちた。

左衛門は溜め息をついた。

大門は無言のまま腕組をし、宙を睨んでいた。

文史郎は、ふと團十郎が食い入るように陽之助を見ているのに気付いた。

團十郎は文史郎が自分を見ていると気付くと、はっとして顔を背けた。

小島は和田泰然と声をひそめて話をしていた。

文史郎は病室を出ると、みんなを見回していった。

「よし。これから、扇屋に乗り込む。まずは盛兵衛を問い詰めねばなるまい」

五

文史郎たちは扇屋に到着すると、早速に客間へ通された。いつも店の内所の前に座っている河原崎の姿はない。

しばらくして、主人の盛兵衛が大番頭の定吉を従えて客間に姿を現した。

「相談人様方、本日は皆様お揃いでお越しになられて、いかがいたしました?」

盛兵衛は挨拶を終えると、口元に笑みを浮かべて平然と文史郎に対した。文史郎は静かに詰問した。

「盛兵衛、よくも用心棒の河原崎を使って、娘の茜を攫わせたものだな」

「攫わせたですと？　とんでもない。河原崎様には、茜がどこにいるのか捜し出し、連れ戻してくれ、とはいいましたが攫ってまでとはいっておりません。だいいち、私は河原崎様から、まだ茜がどこにいるかという報告をきいておりませんが」

「ほう。では、それがしが報告しよう。半刻ほど前、築地の救護院が用心棒の河原崎一味に襲われ、そこで働いていた茜が強引に攫われた。その際、茜を助けようとした若い蘭医見習いが斬られて、瀕死の重傷を負わされた」

「そんな……」

盛兵衛の顔色が変わった。

左衛門が文史郎に代わって詰《なじ》るようにいった。

「けしからんことに、河原崎は事前に小梅やのお妙殿を拉致して、茜の居場所を無理遣り聞き出し、あまつさえ、お妙を手籠めにしおった。この不始末、命じた盛兵衛殿は、どう責任を取られるのか？」

盛兵衛の顔から血の気が引いた。

「河原崎様が、まさか、そのようなことをするとは……」

文史郎は語気を強めていった。

「では、河原崎本人からきこうではないか。ここに河原崎を呼んでもらおう」

「河原崎様は、いま店におりません。そうだね、番頭さん」

盛兵衛は大番頭の定吉を振り向いた。

「は、はい。旦那様。河原崎様は昨日から店には出ていません」

定吉はおろおろしながら盛兵衛に答えた。

文史郎は定吉の様子から、まんざら嘘ではなさそうだと思った。

「では、河原崎は、普段、どこにおるのだ？」

「河原崎様は住み込みなので、いつもなら店か裏店《うらだな》にいるはずなのですが」

盛兵衛は怪訝な顔をした。

「番頭さん、誰か裏店に人をやって見て来ておくれ。いや、あんた自身が行って見て来なさい」

「はい。旦那様」

定吉はあたふたと廊下に出て行った。

「では、河原崎たちは茜を攫ったあと、まだこちらに戻っていないというのか？」

「はい。まだ戻っていません。しかし、ほんとうに河原崎様が茜を攫ったと申されるのですか？　信じられない。もし、茜を見付けたら、どこにいるのかを、真っ先に私に報せてくる約束だったのですが……」

盛兵衛は青ざめた顔で、なお河原崎を信じているようだった。

大門が訊いた。

「用心棒は河原崎のほかに誰がおるのだ？　何人雇っておるのだ？」

「用心棒は河原崎様、お一人です。もっとも、河原崎様に茜を捜すよう頼んだとき、一人では捜せないから、仲間四、五人の手を借りるとおっしゃってはいましたが」

「その者たちと面談したのか？」

「いえ。河原崎様が自分に任せてくれとおっしゃっていたので、しかるべきお金だけをお渡しして、あとはお任せした次第です」

廊下をばたばたと走る足音がした。襖ががらりと引き開けられ、血相を変えた美代が現れた。

「相談人様、それで茜は、どこにいるのか分かったのですか？」

「うむ。分かったには分かったのだが……」

「ああ、よかった。どこにいたのです」

「築地鉄砲洲の救護院で働いていた」

「そうでしたか。よかった。元気なのですね」

「それが思わぬことが起こったのだ」

文史郎は盛兵衛の顔を見た。

「美代、まあ落ち着いて、ここに座りなさい」

盛兵衛は美代に隣の席に座るよう促した。

美代は盛兵衛と並んで座り、矢継ぎ早に文史郎に質問した。

文史郎が答える間もなく、また廊下を走る足音が響き、大番頭の定吉が大股で戻って来た。

「旦那様、やはり、河原崎様はどこにもおりませぬ。ご近所の話では、昨日から河原崎様は長屋に戻っておらぬそうです」

「長屋にもいない？　どこにいるのです？」

「さあ。日ごろ、店におられるので……」

美代は眉根をひそめた。

「番頭さん、河原崎様が、いったい、どうなさったというのです？」

「それは、相談人様が……」

定吉は文史郎に助けを求めた。

文史郎はこれまでに起こったことを美代に話した。

「……そんな、非道《ひど》いことを。旦那様、あなたが命じたのですね」

「馬鹿な。そんなことは命じておらぬ。河原崎が、私に無断でやったこと。私も話をきいて、驚いているのだ。もし、河原崎が戻って来たら、さっそく用心棒を馘《くび》にする」

盛兵衛は腹立たしそうにいった。

また廊下を走る音が響いた。

「旦那様、たいへんでございます」

今度は小番頭の和助が廊下を走って来た。和助は客間の前の廊下にぺたんと座り込んだ。

「どうしたというのだ？　このたいへんなときに、何が起こったというのだ？」

「これが届きました」

「なんだ？」

和助は一枚の書状を盛兵衛に手渡した。

盛兵衛は一目見て絶句した。美代がにじり寄り、書状に目を通した。

美代はわなわなと震え出し、その場に突っ伏して泣き出した。

文史郎は盛兵衛に命じた。

「見せよ」

文史郎は盛兵衛から書状を受け取った。

書状には大胆な筆致で達筆の文章が書かれていた。後ろから、左衛門、大門、團十郎が書状を覗き込んだ。

『……貴殿の愛嬢茜殿の身柄預かり候。

茜殿の命惜しくば明晩までに、身の代金三千両を御用意願いたく候。

もし、この要求を飲まざる場合は、茜殿を遊廓吉原に売り飛ばす所存にて候。

茜殿の命惜しくば、ゆめ御上にはお届けなさらぬよう重ねて御警告申し上げ候。

身の代金の受け渡しについては、追って指示いたし候。

江戸天誅組別働隊一同』

文史郎は左衛門と顔を見合わせた。

「江戸天誅組別働隊か」

「昨今、江戸市中を騒がしておる悪党どもでござるな」と左衛門は呻った。

「まさか扇屋に天誅組が入り込んでいたとはのう」大門は嘆息をついた。

團十郎は腕組をしたまま黙って宙を睨んでいた。

盛兵衛は立ち上がり、座敷の中をおろおろと歩き回った。

「信じられん。まさか用心棒の河原崎が私を裏切るとは……」

「旦那様、お願いです。茜のため、三千両を用意してくださいませ」

美代が盛兵衛の軀にすがった。

「あやつをなんのために用心棒に雇ったのか。江戸天誅組に狙われぬため、やつを雇ったと申すに……話が違う。騙された……」

盛兵衛はうろつきながら、ぶつぶつと不運を呪う言葉を並べていた。

文史郎は尋ねた。

「盛兵衛、あの河原崎、誰の紹介で用心棒に雇ったのだ？」

「……そ、それは口入れ屋の紹介でござった」

「その口入れ屋は誰だ？　もしかして、権兵衛か？」

「いえ。あのときは権兵衛殿ではありませんでした。あれはたしか……」

盛兵衛はしどろもどろになった。

「口入れ屋ではなく、知人の紹介でございました」

「知人？　いったい、誰だ？」

「……廻船問屋の勝兵衛《かつべえ》どんでございました。勝兵衛どんの店には、いい用心棒が何人もいて、そのうちのひとりを回してもらったのでございます」

「勝兵衛の廻船問屋というのは？」

「浪速《なにわ》に本店がある有名な運搬業者です」

「で、雇う前に河原崎の素性は洗ったのか？」

「いえ。洗わなかったです。勝兵衛どんの紹介ということもあって信用してしまったのです」

左衛門が怪訝な顔で尋ねた。

「盛兵衛殿は、そも何を恐れて用心棒を雇ったのでござる？」

「ですから、今回のように江戸天誅組のような輩に襲われぬためでございました」

「用心棒を、それもたった一人雇っただけで江戸天誅組などから襲われないと思ったのでござるか？」

「はい。そう信じた私が愚かでした」

盛兵衛は神妙な顔でうなずいた。

「盛兵衛、嘘は申すな」

突然、團十郎が大声を発した。

文史郎をはじめ、左衛門も大門も、みな、驚いて團十郎を見た。

盛兵衛は團十郎に向いた。

「……何を嘘だと申されるのか？」

「おぬし、河原崎を用心棒として雇ったのは、河原崎が江戸天誅組一味の者と知ってのことであったろう？」

「……そ、そんな」

「河原崎を雇うことで、毎月江戸天誅組に、何十両ものみかじめ料を払っていた。それで、安心を買っていた。図星であろうが」

盛兵衛は顔色を変えてうろたえた。

「なんということをおっしゃる。そんなことはありません。のう、番頭さんたち」

「は、はい」

「さようで」

大番頭の定吉も小番頭の和助も、團十郎の指摘に慌てふためいた。

文史郎は左衛門や大門と顔を見合わせて笑った。

「なるほど。そういうことだったか。盛兵衛、あざといのう。それでおぬしは河原崎に裏切られたの、話が違うの、騙されたのと申しておったのだな」

「……そんな誤解でございます……な、番頭さんもそういっておくれ」

「は、はい」

「ですが……」

定吉と和助は顔を見合わせ、うろたえていた。

「盛兵衛、正直に認めろ。ほんとうだったとしても、責めはせぬ」

「はい」盛兵衛は観念したように下を向いた。

「ともあれ、おぬし、河原崎を雇うことで安心していたのだな。ところが、その飼い犬に咬みつかれた」

「は、はい。そのようでございまして」

盛兵衛は懐紙を出し、しきりに額の汗を拭った。

「河原崎は盛兵衛の用心棒になり、この店の懐具合を十二分に調べ上げたのだろう。愛娘《まなむすめ》の茜のためなら、おぬしは三千両はすぐにも出すと見切ったのに違いない」

「しかし、殿、三千両を出しても茜殿が戻って来るとは限りませんぞ」

左衛門が苦々しくいった。

「うむ。信用できんな」

大門も頭を振った。

「それに茜殿が命は無事としても、お妙と同じ目に遭わないという保証は何もない」

美代が盛兵衛の袖を引いた。盛兵衛は慌てて、文史郎に頭を下げた。

「相談人様、お願いでございます。茜をなんとか、お救い願えませんでしょうか。茜が無事戻って参りますれば、いくらでもお金はお払いたします」

文史郎は笑いながらいった。

「では、三千両、いただくことにするか」

盛兵衛は一瞬、息を飲んだ。

「あなた」美代がすがった。

「分かりました。茜さえ無事戻って参りますれば……」

「ははは。冗談だ。本気にするな。我らは江戸天誅組とは違うぞ。天に恥じることなき正義の味方、相談人だ」

「では、いかほど御用意すれば……」

「いらぬ。我らは世のため人のためなら、ただ働きも厭《いと》わぬ。金のためには動かない」

文史郎は左衛門や大門を見た。

「さよう。殿のおっしゃる通りでござる」

左衛門は大きくうなずいた。大門も笑いながら同意した。

「しかり。金は汗水流して働いて稼ぐもの。それで天下の公道を堂々と胸を張って歩くことができるというものだ。そうだろう、團十郎」

大門は團十郎を振り向いた。

「はいっ」

團十郎は背筋を伸ばし、勢いよく返事をした。

また廊下に人の気配が起こった。小走りに走る足音と、ほとんど音を立てないしなやかな足音。

「こちらです」

丁稚が案内する人影があった。

弥生が颯爽《さつそう》と客間に現れた。

「文史郎様、やはり、こちらに御出ででしたか」

「おう。弥生。参ったか」

「救護院に駆け付けたところ、文史郎様たちは、こちらに伺っておられるはずだと、小島殿からきいて急ぎ参りました」

「お妙の様子はいかがだ？」

「しばらくは気丈に堪えていましたが、お姉さんのおきみさんに会ったとたんに泣き崩れまして」

「さようか」

文史郎は左衛門、大門と顔を見合わせた。

「可哀想にな」

「それがしが出て来るころには、無理に元気な振りをなさっていましたが、かなり落ち込んでいるようでした」

「そうだろうな」

「でも、お妙さんは見かけとは違って、芯の強い娘にございます。時間は多少かかりましょうが、きっと立ち直ることでしょう」

「そう祈るしかないな」

文史郎は沈んだ声でいった。

弥生は、みんなが重苦しく黙っているのに気が付いた。

「文史郎様、いったい、いかがなさったのです？」

「うむ。これだ」

文史郎は脅迫状を弥生に手渡した。弥生は一目文面を見て激怒した。

「おのれ。河原崎。お妙さんを手籠めした上に、今度は茜さんを拉致し、身の代金を取ろうというのか。江戸天誅組め、許せぬ」

文史郎はうなずいた。

「弥生、我らでなんとしても茜を無事救け出す」

「はい。その覚悟でいます」

「殿、どのような策で」左衛門が訊いた。

「盛兵衛、念のため、三千両は用意しろ。敵は必ず目を光らせて、こちらの動きを見守っている。三千両を用意して相手を油断させる。その上で、策を練ろう」

「はい。分かりました。三千両は用意します。大番頭さん、明晩までに店の金子《きんす》を掻き集めるだけ掻き集めておくれ。三千両程度はあるはずです」

盛兵衛は定吉に命じた。定吉は和助を連れ、あたふたと廊下を引き揚げて行った。

文史郎は腕組をした。

「江戸天誅組は、明日、どこを受け渡し場所に指定して来るか分からないが、受け渡しの場所は、相手が万全の防備を整えていることだろう。そこを我らが襲って、茜を取り戻すのはおそらく至難の業《わざ》だろう」

「そうでござるな。敵の準備が整わぬうちに、こちらが先手を打つ」左衛門がいった。

文史郎はうなずいた。

「それがしも、そう思う。彼らは茜を拉致して隠れ家に連れて行った。その隠れ家を急襲し、茜を救出する。それも今夕、暗くなる前だ。夜になったら、茜がやつらの慰みものにされる恐れもある。一刻も早く救け出す。いま何時だ？」

文史郎は床の間に置かれた西洋時計に目をやった。針は未《ひつじ》の刻（午後二時）を差していた。

左衛門が文史郎にいった。

「昼八ツ（午後二時）でござる」

「日暮れまでには、まだ間があるな」

文史郎は唸るようにいった。

「問題は、どうやって隠れ家を見付け出すか」

大門が顎髭を撫でた。左衛門がいった。

「玉吉が船頭たちに聞き込んでいるはず。鉄砲洲から屋根船で逃げたということですから、玉吉は屋根船の船頭たちにあたっていることでしょう」

弥生が左衛門に尋ねた。

「玉吉たちは、それがしたちが扇屋にいること知っておるのでしょうか？」

「小島殿に、そう伝えてほしい、と頼んでおいた。玉吉が築地に戻れば、伝言をきき、すぐにこちらに参るはず」

「では、玉吉たちが帰って来るのを待つしかないか」

文史郎は腕組をし、天井を仰ぎ見た。

團十郎が覚悟した顔で、文史郎の前に進み出た。

「殿、それがし、江戸天誅組の隠れ家、存じております」

六

文史郎は驚いて團十郎を見た。

「團十郎、おぬし、なぜに江戸天誅組の隠れ家を知っておるのだ？」

ほかのみんなも、團十郎を見つめた。

團十郎はおもむろに顔を上げ、文史郎を真直ぐ見つめた。

「藩の筆頭御家老から、それがしに密かに脱藩し、江戸天誅組に入るよう御下命《ごかめい》がありました」

「いったい、どこの藩だ？」

「藩名を名乗るのは、どうぞお許しください。西国のさる小藩というだけで」

文史郎は左衛門と顔を見合わせた。

「よかろう。藩名はきくまい。それで、おぬしは江戸天誅組に入ったのだな？」

「いえ。それがしは、脱藩はしましたが、江戸天誅組には入りませんでした。入るのを拒んだのです。それで裏切り者として、藩から追われる身になったのでございます」

「なぜ、入るのを拒んだのだ？」

「ある人を斬れ、といわれたからです」

「ほう。いったい、何があったのだ？」

「我が藩は小なりといえど、薩摩《さつま》、長州《ちょうしゅう》、土佐《とさ》などと親しかったため、さまざまな影響を受け、藩論は一つにまとまらず、尊皇攘夷《そんのうじょうい》派、公武合体《こうぶがったい》派、佐幕《さばく》派、是々《ぜぜ》非々《ひひ》派、諦観《ていかん》派などに分かれて内部抗争を繰り返していたのです」

「うむ。続けろ」

「そんな中、藩主が急逝《きゅうせい》し、幼い嫡子が跡を継いだのですが、その幼い君を担いだ筆頭家老竹下蔵之助《くらのすけ》が藩政の実権を握ったのでございます。蔵之助は長州藩に繋がる尊皇攘夷派で、藩内の敵対派の粛清に乗り出したのです」

「うむ。それで？」

「それがし、若気の至りで尊皇攘夷派に加わり、いっぱしの志士を気取っておりました。しかも、次男坊で部屋住みの身。我が家の家督を継ぐ身ではないので、責任もなく、いたって気楽な身分でありました。江戸に来て、さらに自由奔放に遊びまくっておりました」

「それで？」

「そんなある日、尊皇攘夷派の筆頭御家老から、ある御方が邪魔だから斬れ、と密命が下されたのです。でも、斬れなかった」

團十郎は目を伏せた。

「なぜ、斬れなかった？」

「それがしには、その御方を斬る理由が見つからなかったのです」

「なるほど」

「その御方は公武合体派の若手の中心人物でした。意見や考えは違うが、同じ国を思ってのこと。殺し合うほどの対立ではない」

「それで斬れなかったというのだな」

「ほかにも理由はあります。その方は、それがしが幼いころから親しくさせていただいた兄者のような存在でした。二つ年上で頭もよく、腕も立つ。同じ道場で剣を習い、剣を競った方でもありました」

「剣の流派は？」

「無外流《むがいりゅう》免許皆伝でした」

「おぬしは？」

「それがしも、一年遅れて皆伝を授かりました」

「斬れなかった理由は、それだけか？」

文史郎は團十郎の顔を覗き込んだ。顔に苦悶の色が見えた。

「実は……」

團十郎の声が消え入るようにか細くなった。

「はっきり申せ」

文史郎は促した。

「将来を誓い合った媛《ひめ》の兄上だったのです」

「その媛の名は？」

「……綾姫《あやひめ》です」

大門が口を挟んだ。

「その綾姫はいくつになるのだ？」

「十七」

「美人か？」

「はい」

團十郎は顔を上げ、はっきりと答えた。

「こいつ、いわせておけばぬけぬけと」

大門が笑いながら團十郎の頭を手でぴしゃりと叩いた。團十郎は手を頭にあてた。

「そりゃあ、いくら御家老から斬れという密命が下りても、無下《むげ》には斬れぬな。それで、どうなった？」

「…………」

團十郎はまた頭を垂れた。

「誰かが、おぬしに代わって、相手を斬ったのだな」

「はい」

「誰が、おぬしに代わって斬ったのだ？」

「それがしの兄者でございます」

「兄者と申すは、長屋でおぬしに刀を突き付けた大原伴成か？」

「はい」

「兄者は江戸天誅組に入っておるのか？」

「……組頭にござる」

「ふうむ」

文史郎は左衛門、大門と顔を見合わせた。弥生も真剣な眼差しで團十郎を見ていた。

「團十郎、おぬし、江戸天誅組の隠れ家を我らに教えたら、今度こそ裏切り者として、命をつけ狙われるのではないか？」

「覚悟の上です。もし、それがしがこの段になっても、隠れ家について黙っていたら、殿や左衛門様、大門様、弥生様を裏切ることになりましょう。それは嫌です。私、團十郎は、殿の身内に入れていただいた以上、相談人の一人として死んでいくつもりです」

大門が團十郎を諌めた。

「待て。團十郎、相談人の一人として死ぬのではない、生きていく。そう言い直せ」

「はい。相談人の一人として生きていくつもりです」

「うむ。それでいい」

大門は満足気にうなずいた。

文史郎が訊いた。

「江戸天誅組の隠れ家は、どこにある？」

「汐留橋《しおどめはし》の近くでございます。それがし、一度行ったことがありますので、舟さえあれば案内できます」

「どのような隠れ家だ？」

「元商家が使っていた平屋の仕舞屋《しもたや》でござる。玄関先が掘割に面していて、専用の船着き場があります。左右の敷地に同じような仕舞屋が並び、後ろは武家屋敷の築地《ついじ》塀《べい》」

「常時、何人ほどがいる？」

「日中の昼間なら、留守番役が二、三人。夜には大勢帰って来て、二、三十人になりましょうか」

「やはり、明るいうちに強襲する手だな」

「それがいいか、と思います」

文史郎は腕組をし、しばらく、考え込んだ。

「よし。爺、大門、弥生、打ち込みの支度をせい」

「はいっ」

左衛門、大門、弥生は声を揃えて返事をした。

「殿、それがしは？」

團十郎が文史郎の前に正座した。

「もちろん、おぬしは案内役として連れて行く」

「では、お願いがあります」

「分かっておる。大小であろう」

「はい」

「おぬし、兄上と闘うことになるやもしれぬぞ。それでもいいか？」

「はい。今度は闘わねばならぬわけがあります。己が考えてのこと」

「よし。いいだろう。大門、團十郎に大小を返してやれ」

「はい」

大門はうなずき、團十郎に向き直った。

「團十郎、おぬしに大小を返すにあたり、約束してほしいことがある」

「大門様、何を、でござろうか？」

「やたらに、人を斬るな。斬れば、相手は死ぬか傷つく。同時に斬ったおぬしも、心が傷つく。できれば、わしが教えたように、刀はできるだけ使わず、木刀か心張り棒で相手を叩きのめせ。殺すな。いいな」

「はい」

團十郎はしっかりと頭を上下に振って首肯《しゅこう》した。大門は目を細めてうなずいた。

「おぬしの大小は長屋にある。いっしょに取りに戻ろう。殿、いいですな」

「うむ。すぐに戻って参れ。船を仕立てたら、直ちに出発する。なんとしても、明るいうちに打ち込む」

「承知しました」

大門と團十郎は一礼すると、二人揃って座敷を出て行った。

一部始終を見ていた盛兵衛と美代は、文史郎に深々と頭を下げた。

「どうぞ、茜を無事お救いいただけますよう。神様に祈っております」

また廊下にばたばたと走る足音が響いた。

大番頭の定吉が息急《せ》き切って客間に現れた。

「旦那様、来ました、来ました」

定吉は一枚の紙を手にしていた。

「なんだ、それは?」

「江戸天誅組からの最後通牒です」

「なに?　見せろ」

文史郎は定吉から紙を受け取った。左衛門と弥生が左右から紙を覗き込んだ。

『追伸にて候。
一、金三千両を載せた屋根船を用意すべし。
二、その船を明朝寅《とら》の刻（午前四時）、両国橋の橋桁の下に停泊し、係留すべし。
三、しかる後に、船頭一人を残し、立ち去るべし。
四、三千両を受け取った後、娘茜を解放いたすこととなるべし。
なお、三千両に一分でも欠けることあれば、娘茜の身柄は還らざることを覚悟すべし。

以上。

江戸天誅組別働隊一同』

「明朝、寅の刻ですか。まだ暗いうちですね」

弥生は思案顔になった。

「これで打ち込みの時刻は決まった」

文史郎はいった。

「盛兵衛、おぬしは、この要求通りに屋根船を用意し、三千両を積んで待機してくれ。きっとやつらは扇屋の周辺に張りつき、おぬしの動静を監視している」

「はい。いわれた通りにいたします」

盛兵衛は青ざめた顔でうなずいた。

文史郎は左衛門と弥生にいった。

「打ち込みは、明朝寅の刻。敵は両国橋に人を出しているので、隠れ家の警戒はいちばん手薄になっている」

弥生が懸念を表明した。

「文史郎様、もし、彼らが茜さんを両国橋に連れて出ていたら、いかがいたしましょう?」

「まず、江戸天誅組は茜を連れて来ないと見る。やつらはそんな良心的ではない。きっと交換の約束を反古《ほご》にする。三千両を渡しても茜は帰って来ないと見る。だから、あくまで我らが打ち込んで、力で茜を救い出す。やつらの慈悲をあてにするな」

「承知です」

「やつらに甘い汁を啜らせない。二度と再び、こうした拉致《らち》事件を起こさせぬためには、力で彼らを叩き潰すことが大事だ」

「しかし、我々だけでは」

「うむ。小島に事情を話そう。捕り方に両国橋周辺を、大川の上下流には船手組《ふなてぐみ》の捕り方の船を配置して、三千両を受け取りに来た者を一網打尽にする。その間に、我らは隠れ家を襲い、茜を解放する。両国橋から逃げ帰った者がいたら、その場で全員捕らえるか成敗する」

「分かりました」と左衛門。

廊下に丁稚《でっち》の走る足音がした。

客間の前で足音は止まり、襖が開けられた。

「相談人様、音吉さんがお見えになりました」

丁稚の後ろから音吉の顔が現れた。

「お殿様、おおよそ、やつらの逃げた先が分かりやした。それで、お迎えに上がりました。いっしょに来てくだせい。玉吉の兄貴が待っています」

「それはでかした。場所は、どこだ?」

「汐留橋付近でやす。やつらはそこで船を降りて、どこかの屋敷に入ったらしいんで」

「やはり隠れ家は汐留付近か」

「あれ。殿様は御存知だったんでやすか?」

音吉は驚いた顔できょとんとした。

「隠れ家を知っている男が見つかった。それも灯台下暗《もと》しというところにな」

文史郎は左衛門、弥生と顔を見合わせて笑った。

七

汐留橋の周囲は漆黒の闇に覆われていた。

一艘の屋根船が橋の下に係留され、暗闇に身を沈めていた。

ひたひたと船腹を川面の波が叩いている。

文史郎は屋根船の中で、じっと時が過ぎるのを待っていた。手をかざす、火鉢の炭火の仄《ほの》かな明かりが船内をおぼろに照らす。

「冷えますなあ。この分では、朝から雪になるかもしれませんな」

大門が火鉢を抱えながらいった。

「いや、まったく冷える」

左衛門も褞袍《どてら》を頭から被《かぶ》って寒さをしのいでいる。

弥生は行火《あんか》炬燵《こたつ》に足を入れ、褞袍を頭から被って寝入っていた。

「もう雪がちらちら降っていますぞ」

團十郎が障子戸の細い隙間から、外を窺いながらいった。

文史郎は隠れ家の仕舞屋に張り込んでいる玉吉や音吉を気遣った。

屋根船の中でさえ、凍えそうなのだから、外にいる玉吉や音吉はもっと寒さが堪《こた》えることだろう。

文史郎は團十郎の後ろに座り、障子の隙間から隠れ家を窺った。

江戸天誅組の隠れ家の仕舞屋は、掘割に囲まれ、ひっそりと静まり返っていた。掘割と庭に面した南側の吐き出し窓の障子戸に、薄暗い行灯の明かりが点《つ》いている。

團十郎の話では、そこが十二畳ほどの座敷で、天誅組のほとんどが、そこで雑魚寝《ざこね》をしているとのことだった。

屋根船からは見えないが、西側の窓の障子にも明かりがちらついているのが分かっている。奥の六畳間だ。

仕舞屋の天井裏に忍んだ音吉からの報告では、その奥の六畳間の座敷牢《ざしきろう》に茜は閉じ込められている。

仕舞屋は真夜中になっても、寝静まることなく、男たちは酒盛りをしていた。酒で寒さを防ごうとしているのだろう。

夜九ツ（午前零時）ごろまで船着き場に続く前庭では篝火《かがりび》が焚かれ、焚火《たきび》も燃え上がっていた。十数人の侍や中間小者たちが、焚火を取り囲み、酒を飲んだり、暖を取っていた。

明るいうちに隠れ家に出入りする人数を数えた結果、おおよそ三十人が隠れ家にはいる、と分かった。

三十人のうち、武士は二十人、町奴の無頼漢が十人ほどだった。武士は、いずれも浪人者の風体をしていた。

夕方、五艘の屋根船が隠れ家の船着き場に縦列となって係留されていた。船には誰も乗っておらず、そのまま待機していた。

夜、薄暗くなってから、四、五人ずつ三艘の屋根船に分乗し、掘割の中を移動して、海の方へと出て行った。

三艘の屋根船は、事前に両国橋界隈に人員を配置するための先乗り組に違いない。

文史郎は、いま残っている二艘の屋根船が、本隊を運ぶ船だと推察した。

いま隠れ家にいる組員は、およそ二十五人ほどと見込んだ。

隠れ家の庭先に動きがあった。七、八人の人影がぞろぞろと現れ、二艘の船に向かって歩き出す。

東の空がまだ暗いことから、時刻はおよそ八ツ半（午前三時）ごろと見た。

「殿様、船が二艘、出ます」

舳先《へさき》に潜んでいた船頭の捨吉《すてきち》が告げた。捨吉は音吉の弟分だ。

文史郎は息をひそめて、二艘の屋根船が掘割の川面を通り過ぎて行くのを待った。

おそらく、この二艘が両国橋に三千両を受け取りに行くのだろう。

「よし、これで残っているのは八人ほどだな」

「殿、そろそろ配置につきますか？」

文史郎は弥生にいった。

「よし。弥生、起きろ」

「はいッ」

弥生は縕袍を撥ね除け、むっくりと起き上がった。すかさず寝乱れた髪に手をやり、髪を整える。

文史郎は手書きの見取り図を拡げた。

仕舞屋を團十郎の思い出すままに、部屋の間取りや位置を書き描いたものだ。

部屋は、台所や厠《かわや》、納戸《なんど》、廊下などを除いて、六つほどあった。

玄関の上がり框を上がり、真直ぐに廊下が家の中央を走っている。その廊下の両脇に、大小三つずつ部屋が連なっていた。

西側の一番奥の左手にある六畳間にバツ印がつけてある。そこが茜が監禁されている座敷牢の部屋だった。

玄関から侵入すると、まずは控えの間があり、そこにいる不寝番二人を片付けねばならない。

それから奥に延びる廊下に進む。奥に進むには、浪人たちが雑魚寝をしている広間と、頭《かしら》たちの八畳間の間の廊下を駆け抜けねばならない。

座敷牢の部屋の前に、見張りがいる布団部屋の三畳間がある。その見張り一人も片付けねばならない。

突入しても、もたもたして敵と斬り合っているうちに、奥の座敷牢から茜を連れ去られかねない。事《こと》は迅速に運ばねばならない。

文史郎は打ち込むにあたり、正面突入班と搦《から》め手班との二手に分ける作戦にした。正面から、文史郎と左衛門、大門が打ち込み、敵の注意を引き付ける。同時に、西側の窓を破り、弥生と團十郎が座敷牢の部屋に突入する。

文史郎は、みんなを見回した。

「すでに、玉吉と音吉、その手下たちが、隠れ家の四方に忍び寄っている。暗いので、敵味方、同士討ちしかねない。合い言葉は、山と川だ。忘れるな」

「はい」

「弥生と團十郎は、我々が正面玄関と南側の掃き出し窓から雨戸を蹴破って打ち込むまで、我慢して動くな。玉吉と音吉が座敷牢の部屋の窓の雨戸を外す手筈になっている。雨戸が外れたら、打ち込め」

「はい。その前に敵が逃げ出そうとしたら、どうしますか？」

「臨機応変だ。その場で即断して行動しろ」

「臨機応変ですね。分かりました」

弥生は、そういいながら、手早く白い布紐《ぬのひも》で襷掛《たすきが》けした。白鉢巻きを額にあて、きりりと結ぶ。

團十郎は愛《め》でるように大刀を撫で、素早く引き抜いては、ゆっくりと鞘に戻す。

大門はにやりと笑った。

「團十郎、おぬし、居合いをやるのか」

「はい」

「先にいったな。無用な殺生はするな。相手とは、峰打ちか、木刀で闘え」

「はい」

團十郎は腰に大刀を納めると、立て掛けてあった木刀を握った。

「うむ。それでいい」

大門はうなずいた。

文史郎も刀の下緒《さげお》を外し、背中に回して襷掛けした。

すでに大門も左衛門も團十郎も襷掛けをしている。

「なんとしても、無事に茜を救い出す。それだけをめざす。いいな」

「はい」

「はい」

文史郎の言葉に全員が返答した。

「船を出せ」

「へい。待ってました」

船頭の捨吉が棹を川底に差し、船を出した。

文史郎たちは舳先や艫《とも》に散って上陸に備えた。

船はゆるゆると音もなく水面を進み、隠れ家の船着き場に到着した。

と同時に、文史郎は舳先から岸に跳び移った。大門と左衛門が続く。

庭を見渡した。敵の人影はない。

艫の方から弥生と團十郎が上陸し、素早く庭を走り抜ける。

闇の中から、黒い人影がのっそりと浮かび出た。弥生と團十郎の前に立ちふさがった。山、川の合い言葉を言い合う声がきこえた。

「殿」

左衛門が小声でいった。左衛門が指差した庭の隅に、町奴らしい男が一人、倒れていた。

屈み込み、男の首筋に手をあてた。脈はある。男は気絶していた。

先に忍んだ玉吉か音吉が見張りを片付けたらしい。

「殿」大門が掃き出し窓の雨戸に手をかけている。

玄関の引き戸には、左衛門が手をかけていた。文史郎は怒鳴った。

「かかれ！」

左衛門が引き戸を引き開けた。同時に大門が雨戸を打ち破る音が響いた。

文史郎は大刀を引き抜き、片手に下げて、玄関に入って行った。

「出合え出合え！」

文史郎は怒鳴りながら、上がり框に上がった。左衛門が刀を構え、文史郎の背後を守る。

控えの間の襖が開き、男二人が現れた。慌てて抜刀し、抜き打ちで文史郎に斬りかかった。

文史郎は刀の峰を返し、一人の胴を抜いた。

左衛門がもう一人の男の喉元に刀の峰を叩き込む。二人の男は、もろくもその場に倒れた。

「出合え出合え」

文史郎は怒鳴りながら、行灯が仄かに照らす廊下を進む。左手の大広間でも悲鳴が上がった。大門が飛び込み、心張り棒で相手を打ちのめしている。

文史郎は組頭たちの部屋の襖を蹴破った。部屋には誰もいなかった。

奥の部屋から、怒号と女の悲鳴、斬り合う太刀の音が響いた。

左衛門が右手の見張りのいる三畳間に押し入った。黒い影法師が左衛門に斬りかかる。左衛門は見事な太刀捌きで、相手を倒した。

「若いの、峰打ちだ。心配いたすな」

左衛門の声が響く。

文史郎は左手の奥の部屋の襖を開けた。

座敷牢の格子が見えた。

足許に黒い人影が倒れていた。

刀を構えた人影が、文史郎の前に進んだ。

「山」

文史郎は叫んだ。

「川」

團十郎のほっとした声がきこえた。

「おんな、近寄るな。寄れば茜を殺す」

怒声が響いた。

座敷牢の中に三人の影法師が立ち、刀を構えていた。

後ろから行灯の明かりが座敷牢の中をおぼろげに浮かび上がらせた。

男が半裸になった娘の首に左腕を回して立っていた。右手の大刀の切っ先が娘の喉元に突き付けられていた。

「おんなを盾にするとは卑怯な。茜を放せ。尋常に立ち合え」

弥生の鋭い声が響いた。

男に対峙する弥生の背が見えた。弥生は大刀を青眼《せいがん》に構えて、男の隙を窺っていた。

「その手に乗るか。おんな、おまえこそ、刀を引け。俺と茜が出るのを邪魔するな」

河原崎は行灯の明かりの中、悪鬼の形相で怒鳴り散らしていた。

茜は泣いていた。帯は解け、緋縮緬《ひぢりめん》の腰巻がはだけて、太股の白い肌が見えていた。

島田髷の髪は崩れてざんばらになっている。

妖艶な茜の乱れた姿に、文史郎は思わず息を呑んだ。

茜を抱えて刀を突き付けた河原崎も、髪がざんばらになり、着物の前がはだけ、毛むくじゃらな太股を露出させていた。

「…………」

弥生は全身から殺気《さっき》を放ち、阿修羅《あしゅら》と化していた。洗い髪の元結《もとゆい》が切れ、長い黒髪が背に流れている。弥生の頭髪は怒りで総毛立っていた。

まるで歌舞伎役者たちが演じる、凄惨な修羅場の錦絵を思わせる。

文史郎は座敷牢の前に立ち、一瞬迷った。河原崎を斬ろうにも、座敷牢の格子に阻まれ、手の出しようがない。

傍らの團十郎も刀を下ろしたまま、茫然と立ち尽くしている。

「ははは。せっかく若い女子の軀を味合わせてもらおうとしておったのを邪魔しおって。近寄ると茜の命はないぞ」

「河原崎、茜を放せ」

「放さぬ。茜は拙者のものだ」

「…………」

弥生は刀を青眼に構え、じりじりと河原崎の背後に回り込もうとしていた。河原崎は、それに合わせて、躯の向きを変えていかざるをえない。茜は泣きじゃくっている。

河原崎の背が文史郎に向けば、格子の間から刀を突き入れることができる。

「おんな、おまえの狙いはお見通しだ。外の仲間に、俺の背後を突かせようというのだろうが。そうはさせるか」

「…………」

河原崎は文史郎に顔を向けた。

「そこに立っているのは相談人の文史郎か？　文史郎、刀を下ろして、格子戸口から離れろ。俺様と茜が出るのを邪魔するな。邪魔すれば茜の命はない」

文史郎は刀を下ろし、格子戸口の前から一歩下がった。傍らの團十郎も刀を腰に戻し、いっしょに後ろに下がる。

「とう！」

「きええ！」

背後では、まだ左衛門と大門が残敵と争う音がきこえる。闘いは終わっていない。

河原崎は弥生の動きを睨みながら、片腕で茜の躯を戸口から外に突き出した。茜の着物の前がはだけ、胸の乳房がぽろりとこぼれて見えた。

文史郎は思わず二、三歩下がった。

「そうだ。もっと下がれ。戸口から離れるんだよ。もっと見せてやろうか」

河原崎は笑いながら、はらりと茜の着物を剝いだ。行灯の薄暗い明かりの中に茜の初々《ういうい》しい全裸が現れた。

「おのれ」

弥生が口惜しそうに呻いた。

「ははは。まぶしいか。しっかり見ろ」

河原崎はぐったりとした茜の裸身を盾《たて》にして、じりじりと座敷牢の格子戸口から足を踏み出した。茜の喉元には刀の切っ先が食い込んで、血が流れていた。

「下がれ。下がるんだ」

河原崎は背後の弥生に気を配りながら、全裸の茜を前に押し出し、文史郎を牽制《けんせい》した。

全裸の茜を盾にされて、河原崎に斬りかかる隙がない。文史郎は押されて、じりじりと後退した。

そのとき、文史郎の脇を抜け、するするっと團十郎の影が前に出た。團十郎はくるりと背を向け、茜を抱える河原崎の前にしゃがみ込んだ。

突然の團十郎の動きに、河原崎も文史郎も虚をつかれて身動《みじろ》ぎもできなかった。

河原崎に背を向けてしゃがんだ團十郎は静かにいった。

「河原崎さん、もうやめましょう」

「おまえは大原新次郎か？　そうではないか、と思った」

「河原崎さん、こんなやり方は間違っています」

「何をいうか。裏切り者めが。我らばかりか、兄者まで裏切りおって。この前、おまえが俺を追って来たとき、斬っておけばよかった。おまえの兄者のことを考え、つい躊躇《ためら》って、おまえを斬らなかったのが間違いだった」

「お願いです。それがしが茜さんの身代わりになります。だから、どうか茜さんを放してくれませんか。お願いです」

「だめだ。茜は俺のものだ。扇屋にいるときから、ずっと思っていた。いつか、俺のものにするとな。茜を易々と手放す気はない」

「河原崎さん、どうしても、だめか？」

「新次郎、くどい。そこを退《の》け。退かぬか」

河原崎は茜の首に腕を回し、茜の裸身を團十郎に突き出すようにして前に進もうとした。

團十郎は河原崎に背を向けたまま、すっと立ち上がった。刀を半ば抜き、腰刀を河原崎の胴にあてた。

「團十郎、斬るな！」

大門の絶叫が背後で響いた。

團十郎はくるりと軀を回転させた。腰刀のまま團十郎の刀が河原崎の胴を撫で斬りした。

團十郎は回転を終え、また河原崎に背を向けてしゃがみ込んだ。

河原崎は呻き、茜に突き付けた刀をぽとりと落とした。茜を抱え込んでいた河原崎の腕がだらりと垂れ、茜の裸身が團十郎の背中にしなだれかかった。

團十郎は茜の裸身を背に受けながら、静かに刀を腰の鞘に戻し、残心《ざんしん》した。

居合いの腰刀斬り。相手と軀を密着させたまま斬る技だ。瞬きをする間もなく、敵を倒す。

文史郎は團十郎の剣技の見事さに舌を巻いた。

河原崎の軀が膝から崩れ落ちた。鮮血が河原崎の胴から迸《ほとばし》り出た。

「遅かったか。おぬしに斬らせたくなかった」

駆け込んだ大門が呟いた。

全身に血を浴びた團十郎が頭を下げた。

「申し訳ありません。でも、どうしても許せなくて……」

「分かっておる。できれば、おぬしにやらせず、それがしが心張り棒で打ち据え、生け捕りにしようと思っただけだ。しかし、よくやった。見事だった」

大門は團十郎の肩をぽんと叩いた。

團十郎は沈んだ声で礼をいった。

「ありがとうございます。でも、もう人を斬るのは嫌です。これを最後にしたい、と思います」

「うむ。それがいい」

文史郎もうなずいた。

「茜さん」

格子戸口から弥生が飛び出して来た。弥生は團十郎の背にしなだれかかった茜の裸身に、脱ぎ捨てられていた着物を掛けた。

「あなたたちは見ないで」

弥生は大声でいった。

文史郎はうなずき、弥生と茜に背を向け、刀を腰の鞘に戻した。

左衛門も大門も團十郎も弥生の気迫に押されて背を向けた。

玉吉と音吉、捨吉たちも黙って横に向いた。

やがて弥生が「もういいわ」といった。

振り向くと着物を着せられた茜が座敷牢の前に横たわっていた。弥生が茜の喉元に手拭いをあてて血を止めようとしていた。

争っているうちに、河原崎の刀の切っ先が傷口を拡げていたのだった。

弥生は顔を上げていった。

「文史郎様、早く医者に診せないと」

「ここからなら、鉄砲洲の救護院も遠くはない。玉吉、音吉、茜を布団に載せて船へ運べ」

左衛門は音吉たちに、座敷牢の中の敷き布団と褞袍を運び出すように指示した。

茜は血の気のない真っ白な顔で、何ごとかを呟いていた。弥生が茜の口元に耳を寄せた。

「…………」

茜は必死に何かを訴えていた。

「大丈夫。陽之助さんは大丈夫ですよ」

弥生は何度も茜を宥めていた。

布団が運ばれて来た。文史郎と左衛門が弥生を手伝い、敷き布団に茜の軀を横たえた。掛け布団の縕袍を被せて包む。

文史郎は大門や左衛門、音吉とともに、布団に包んだ茜を抱え、仕舞屋の玄関から外に出た。

「おお、雪になったか」大門は夜空を仰いだ。

外には雪が降りしきっていた。いつの間にか、庭や通りに薄く雪が積もっていた。

文史郎たちは、茜を包んだ布団を、みんなで抱え、屋根船に載せた。

音吉たちは障子を閉め、火鉢の炭火を掻き回して熾《おこ》す。

弥生が茜を励ました。

「しっかりして。眠らないのよ」

「…………」

茜は布団の中でぶるぶると震えていた。喉元の出血は止まらず、顔に死相が表れていた。

文史郎は茜の耳元に囁いた。

「陽之助からの伝言がある。五十だ。いいな、五十だぞ」

「五十……？」

虚ろだった茜の表情がさっと変わった。顔に赤みが差した。

「そうだ。死ぬなよ。陽之助は五十といっていたぞ」

「はい」茜は震えながらも涙し、うなずいた。

「五十？　なんでござる、それは？」

左衛門が怪訝な顔をした。

文史郎は左衛門の耳に囁いた。

「百人一首の第五十番だ。藤原義孝の歌で、
きみがため　惜しからざりし　いのちさへ　長くもがなと思ひけるかな」

「なるほど。いい歌ですな」

左衛門はうなずいた。

「殿、殿、てえへんだ」

船の外が騒がしくなった。

「やつらが帰って来やしたぜ」

「なにい。もう戻ったか」

文史郎は障子を開き、左衛門といっしょに舳先に出た。

暗い掘割に何艘もの屋根船の黒い船影があった。強盗提灯の明かりが、船上にちらついている。

「よし。玉吉、捨吉、船を出せ。一刻も早く、救護院に茜を運べ」

「合点承知でやす」玉吉が返答した。

「弥生、茜を頼む」

「文史郎様は？」

「江戸天誅組と決着を付けねばなるまいて」

文史郎は船着き場に飛び降りた。左衛門が続いた。

外にいた音吉が船を押し、船を出した。

「わたくしも、残ります」

弥生の影も船着き場に跳び移った。

「弥生、おぬしは……」

「私は、いつも文史郎様といっしょに居たいのです」

弥生は暗がりの中でにこっと笑った。

「しようがない女子だな」

文史郎は頭を振った。

茜を載せた屋根船は静かに汐留橋に向かって移動していく。艫で二本櫓を漕ぐ音吉と捨吉の影が見えた。舳先に立った玉吉が巧みに棹《さお》を使い、船着き場に入って来る屋根船の群れを避けるよう操船していた。

雪がさっきよりも激しく降りはじめていた。

静かだった。音が雪の中に吸い込まれていく。

文史郎は船着き場につぎつぎに横付けする屋根船を睨んだ。

大門と團十郎が、刀ではなく、揃って心張り棒を構えている。

左衛門と弥生は文史郎の左右に並んだ。

横付けした屋根船の障子が開き、船からばらばらっと人影が跳び降りた。

影たちは、わいわいと騒《ざわ》めいていた。

船から降り立った人数は、九人だった。

出発したときには二十人以上いたのに、帰って来たのは七、八人に減っている。

怪我をして仲間の肩を借りている者や背負われている者もいた。

「おい、河原崎、どこにいる？」

何本もの強盗提灯の明かりが、文史郎や弥生、大門、左衛門、團十郎を照らした。

影たちの足がふと止まった。

「な、なんだ、おぬしらは」

影たちは動揺した。

文史郎は声を張り上げていった。

「それがしは、剣客相談人大館文史郎」

「同じく、篠塚左衛門」

「同じく、大瀧弥生」

「同じく、大門甚兵衛」

團十郎以外の全員が名乗った。

團十郎は黙って立っていた。

文史郎は大声でいった。

「江戸天誅組、おぬしら、三千両、受け取れず、無駄骨を折ったことだろう。自業自得だ」

「おのれらが、謀《はか》ったのか」

影たちの中から、頭領の大原伴成が現れた。

「そうだ。ここにも、間もなく捕り手たちが来る。もう逃げられないぞ。観念しろ」

「しゃらくさい。みな、やれ」

影たちが一斉に抜刀した。

といっても、立ち向かえるのは大原伴成含めて六人しかいない。そのうち一人は手負いの様子で、足を引きずっている。ほかは怪我人ばかりで、その場にしゃがみ込んでいる。

「大原伴成、無駄な抵抗はやめろ」

「ほざくな」

大原伴成はうろたえながらも、文史郎に刀を向けた。

「兄上、もうやめましょう」

團十郎が声を上げた。

「なに、新次郎、おまえもいるのか？」

強盗提灯の明かりが團十郎に浴びせかけられた。暗がりに、襷掛けの團十郎が浮かび上がった。

「新次郎、やはり、おぬし、我らを裏切って、相談人側についたのだな？」

「兄上、違います。はじめから、それがしは、天誅組のやり方に反対でした。人を殺めることでは世直しはできません」

「…………」

「武士の世の中は終わりです。これからは、普通の庶民が力を持つ世になります。それがしは、己自身を変えることで、世の中を変えたいと思いはじめました。兄上も自身の考えを変えてください。自分自身が変わらねば、世の中も変わることはないのですから」

「おのれ、いまごろになって、なにをそんな戯言《ざれごと》をいっておるのだ？」

どこからか呼子《よぶこ》が鳴り響くのがきこえた。

文史郎は左衛門と顔を見合わせた。

「ようやく小島たち捕り手が駆け付けますな」

文史郎はうなずいた。

「どうする？　大原伴成、三つの選択肢がある。どれを選ぶか、決めてもらおう」

「三つの選択肢だと？　なんだ、それは？」

「ひとつは、ここで大人しくお縄を頂戴するか、それとも」

「それとも？」

「ここで、我々と闘い、討ち死にするか？」

「笑止《しょうし》。おぬしら、勝てると思っておるのか？」

文史郎は無視していった。

「第三の選択肢は、船に戻り、仲間を連れて、どこかに退散するか？」

「なに、それがしたちを逃がすというのか？」

大原伴成は驚いた様子になった。

左衛門が文史郎に訊いた。

「殿、いいのですか、こいつらを逃がしても？　小島には、なんと説明するのですか？」

「それがしが、説明する。團十郎がいった通りなんだ。もう武士の時代は終わりだ。これ以上、無用な血を流し合うのはやめにした方がいい。次の世界を創る若い者たちが無用な争いで、無駄に命を落とすのだけは避けたい。生きていれば、きっと何かいいことがある。いま必要なのは生きることだ。死ぬことではない」

「殿、それがしも、その考えに賛成ですな」

大門が大きくうなずいた。文史郎は呆気に取られている大原伴成に向き直った。

「さあ、大原伴成、江戸天誅組の組頭として、どれを選ぶ？　ここで捕まり、処刑されるのがいいか、あるいは、我らと戦い、討ち死にするか。それとも、尻に帆をかけて、さっさと退散するか？　退散して再起を期すのもいいと思うが」

大原伴成は腕組をし、考え込んだ。

雪がますます降り続けている。文史郎の肩や頭にも、大原伴成の肩や頭にも、雪が積もり出していた。

「うむ。退散しよう。みな、船に乗れ。撤収だ」

部下たちは騒めいた。だが、そのざわめきもすぐにやみ、みんな、ぞろぞろと船に引き揚げはじめた。

文史郎は大原伴成に告げた。

「告げておくことがある。河原崎慎介だが、故《ゆえ》あって、それがしが成敗いたした。文句はあるまいな」

團十郎が進み出ようとした。文史郎は笑いながら、團十郎を手で制した。

「部下のしたことは、すべて上司の責任だ。心配いたすな」

大原伴成は頭を傾げたが、すぐに文史郎を見ていった。

「いっておく、それがしは扇屋から軍資金をせしめるにあたり、女子を拉致して人質にいたすのには反対だった。あれは、河原崎慎介の暴走だ。被害者には謝っておいてくれ。江戸天誅組は、もう二度と、あのような卑怯な真似はしないし、部下にさせないと誓う」

「いいだろう。その誓い、忘れるなよ」

「ところで」

大原伴成は、文史郎に向き直った。

「文史郎殿、おぬしには違う機会に会いたかったな」

「それがしもだ」

大原伴成は、文史郎に近寄った。いきなり刀を抜こうとした。文史郎は一瞬早く大原の刀の柄頭を手で押さえた。大原は斬りつけることができず、にやっと笑った。

團十郎が刀の柄に手をかけていた。

「團十郎、本気ではない。心配いたすな」

文史郎はいった。

大原伴成はにやっと笑い、刀の柄から手を外した。

「さすがだな。剣客相談人だけのことはある。よくぞ拙者の居合い斬りを止めた」

「おぬしとは立ち合たくないな」

「拙者もだ。では、弟新次郎のこと、よろしく頼む」

「うむ。分かった。安心いたせ。新次郎は、いい青年に成長している」

「殿、それがし、團十郎でござる」

團十郎は文史郎に抗議した。

「そうだな。團十郎だった」

文史郎は笑った。

「では、さらばだ、相談人。もう二度と会うこともあるまい」

大原伴成は踵を返し、すたすたと屋根船に駆け付け、身軽に飛び乗った。

艫《とも》に立った大原伴成は、また深々と頭を下げた。

屋根船は一艚、また一艚と雪の中に消えて行く。

「雪の別れか」

文史郎は雪空を見上げて呟いた。

「そうですね。この雪が終われば、まもなく春が巡って来ます」

弥生はそっと文史郎に寄り添った。弥生の手が文史郎の手に重ねられた。弥生の手は、ほんのりと温もりがあった。

どこかで、また呼子が鳴り響いた。

やがて、雪の中、馬上の小島を先頭にして、大勢の捕り手たちの走って来るのが見えた。

いつしか、東の空が白々と明るくなっている。

八

浅草仲見世通りには、桜見物の客たちが押し寄せていた。

子供連れの夫婦や娘たちが笑いさざめきながら、通りを歩いて行く。

上野の山も浅草寺も満開の桜が咲き誇っていた。

文史郎は左衛門とともに、咲き乱れる桜を見ながら、ゆったりと歩を進めた。

文史郎は落《らっ》下繚乱《かりょうらん》の桜を見ながら、ふと茜を思い出した。

茜は蘭医見習いの陽之助とめでたく祝言を挙げた。いまは蘭医の施療院で、陽之助とともに見習い看護師として働いている。

どうか、二人には幸せな夫婦になってほしいと思った。

男の子の一団が篠竹の刀を手に手に歓声を上げて、文史郎と左衛門の間を駆け抜けて行った。

小梅やの看板の前に差しかかっていた。

「寄りますか？」

「うむ。せっかく来たのだからな。顔を見せねばな」

文史郎は腕組を解き、紺の暖簾を分けて、店の中に入って行った。

「いらっしゃいませ」

元気な声が文史郎たちを迎えた。

店の奥から飛んできたのは、仲居の格好をしたお妙だった。

「お殿様、二階の座敷へどうぞ」

「いや、外の縁台でいい」

「そんなことおっしゃらずに。上がってください。じゃないと、大門様に叱られてしまいます」

「大門？　大門が来ているのか？」

文史郎は左衛門に上がろうと促し、雪駄を脱いで式台に上がった。

二階への階段を上ると、座敷に大門と弥生の姿があった。

「文史郎様、遅かったですねえ」

弥生が華やいだ声で笑った。

文史郎は弥生の姿に一瞬見とれた。

弥生は、いつもの男姿ではなく、濃紺の大島紬の着物姿だった。脚を崩して斜めに座った弥生は、成熟したおとなのおんなの艶気を発していた。

「弥生殿、いつになくいいおんなでしょう?」

大門が大きく口を開き、空気の洩れるような音を立てて笑った。

「あら、大門様、いつもはいいおんなではないとおっしゃるのですね」

「そういうわけでなく、いつもと違う、見違えるほど美しい女子だという意味だ。そうですな、殿」

「そうだな。それがしも、見違えた。どこかの名のある芸妓かと思った」

「確かに」左衛門も同意した。

「あら、左衛門様も」

弥生はすねた顔で睨んだ。

文史郎は弥生の隣に座った。

「誉めているのだから、すねるな。すねた弥生も可愛いがな」

「うれしい」

弥生はにっこりと笑った。

階段を上がる足音がして、お妙が現れた。

盆にお銚子を三本載せて運んで来た。

「お殿様、うちの新しい板前がご挨拶したいと申していますんで。これは、その板前がご挨拶代わりにとの差し入れでございます」

「おう、いいねえ」

大門は上機嫌で、さっそくに銚子を摘み上げ、文史郎や左衛門の前の盃に酒を注いだ。

「私にも」

弥生が盃を出した。大門は銚子を傾け、弥生の盃にも酒を注いだ。

「弥生、いつから、飲むようになった？」

文史郎は驚いて尋ねた。

「文史郎様がいなくて、ひとり寂しいとき、ときどき飲んでいましたのよ」

弥生はほんのり頬を赤くして、流し目で文史郎を見つめた。

「そうであったか」

文史郎は目をしばたたき、盃を口に運んだ。

ぬる燗のちょうどいい熱さの酒だった。

階段を上がる足音がして、いなせな格好をした板前が文史郎たちの前に座った。

「ご挨拶にあがりました。板前の團十郎にございます」

大門が大げさに驚いた。

「なんだ團十郎じゃないか。しばらく長屋から居なくなったと思ったら、なんだ、小梅やで働いていたのか？」

文史郎は目を丸くして、團十郎の変貌ぶりを眺めた。

町人髷に月代も板前風に剃り上げている。首に手拭いを巻き、着流し姿で座っている。

團十郎の傍らに、お妙が座り、團十郎の髪の乱れや着物の襟を直したり、甲斐甲斐しい。

文史郎は左衛門と顔を見合わせた。

弥生がほほ笑みながら、文史郎にいった。

「文史郎様、じつは團十郎さんはお妙さんを見初めて、近々祝言を挙げることになったんですって」

「ほう。それはめでたい」左衛門は拍手をした。文史郎もうなずいた。

「それはよかった。團十郎、お妙、おめでとう。祝言には、ぜひそれがしも招いてほしい」

「もちろんです。お殿様がいての私たちですから。こうしてご挨拶したのは、お殿様に私たちの仲人をお願いしたい、ということでして」

「お殿さま、ぜひ、仲人をお願いいたします」

文史郎は困った顔になった。

「それがし、仲人を引き受けるのはやぶさかではないが、仲人は夫婦者がするもの。それがしは、いま独居だ。田舎に奥方はいるが、はたして、いまも、それがしの奥方として江戸に来てくれるかどうか」

「殿、つまり別居中なのですな？」

大門がにんまりと笑った。

「うむ」

「では、弥生殿に奥方様の代わりになってもらえばいいではないですか」

「なに、弥生と」

文史郎は弥生を見た。弥生は頬を赤くして下を向いていた。

「弥生に無理強いはできぬ。弥生がいいといってくれれば、それがしもうれしいが」

「どうだね。弥生殿は？」

大門がきいた。

「文史郎様が弥生でいい、ということならば……」

弥生は顔を上げ、文史郎を見、すぐにまた顔を伏せた。

「よかった。傅役の左衛門殿はいかがでござる？　仮にせよ、殿と弥生殿が夫婦になるということに、賛成か反対か」

「ふうむ。爺は異存ない。殿をこのまま独り身にしておくのも、いささか可哀想なのでな。いずれ正式に弥生殿と世帯を持つのであれば、悪くないと思う。傅役のわしとしてはちと寂しいが、それで弥生殿も幸せならばそれでいい」

左衛門は腕組をし、うなずいた。

大門は自分のことのように喜んだ。

「お妙、團十郎、よかったな。これで、お殿様と弥生殿が仲人になってくれることになったぞ」

「ありがとうございます。お殿様、弥生様」

團十郎とお妙は寄り添い、文史郎と弥生に頭を下げた。

「さあ、祝杯祝杯。前祝いとしましょうぞ。桜の花を見ながら、飲みましょうぞ。いやあ、めでたいめでたい」

大門は。お妙に銚子をどんどん持って来るようにいった。團十郎には、旨い料理を作るように命じた。

「文史郎様、ほんとうに私でいいのですね」

「うむ。それがしこそ、よろしうな」

文史郎は弥生に頭を下げた。

「あ、花吹雪」

弥生が窓の外を指差した。

桜の花びらが、春の風に吹かれて、雪のように舞いはじめていた。

文史郎は心の中で崇徳院の歌を思い出していた。

瀬をはやみ　岩にせかるる　滝川の　われても末に　あはんとぞ思ふ。

弥生とはこうなる運命なのだと思った。

文史郎は桜を見ながら、弥生の手をそっと握った。

弥生も文史郎の肩にそっと頬を寄せた。

時代小説

二見時代小説文庫

雪《ゆき》の別《わか》れ　剣客相談人《けんかくそうだんにん》23

著者　森《もり》 詠《えい》

発行所　株式会社 二見書房
東京都千代田区神田三崎町二－一八－一一
電話　〇三－三五一五－二三一一［営業］
　　　〇三－三五一五－二三一三［編集］
振替　〇〇一七〇－四－二六三九

印刷　株式会社 堀内印刷所
製本　株式会社 村上製本所

 ISBN978－4－576－18212－4
https://www.futami.co.jp/